Das Buch

»Jana suchte wie früher die Gesichter von Mädchen und Frauen, es war ein Spiel, und es gelang manchmal, die gegenseitige Spannung mit dem Blick zu steigern, bis ein Funke des Erkennens überschlug. Ein Lächeln war dann als Trophäe aufzubewahren. Im Entwurf ihres Tages war ein strahlender Punkt aufgesprungen. Sie brauchte diese Blicke.« – Die Studentin Jana wird im menschenleeren Regierungsviertel von einem Polizisten niedergeschlagen und vergewaltigt. Wieder bei Bewußtsein, tötet sie den Mann, schleift die Leiche zum Fluß und stößt sie ins Wasser. Während Jana noch überlegt, was zu tun sei, findet sie Aufnahme in einem Hausboot, dessen Bewohner offenbar schon auf sie gewartet haben ... Hinter dieser sachlich erzählten Kriminalgeschichte entsteht eine Welt voll Unterdrückung und Unfreiheit, in der Frauen sich durch gegenseitige Zuwendung Kraft geben.

Die Autorin

Libuše Moníková, geboren 1945 in Prag, studierte Anglistik und Germanistik und lebt seit 1971 in der Bundesrepublik. Lehrbeauftragte für Literatur und Komparatistik, seit 1981 freie Schriftstellerin. Essays über Borges, Kafka, Lem und Wedekind. Libuše Moníková schreibt in deutscher Sprache. ›Eine Schädigung‹ (1981) war ihre erste literarische Arbeit. 1983 erschien ihr zweiter Roman, ›Pavane für eine verstorbene Infantin‹. Für den Roman ›Die Fassade‹ (1987) erhielt sie den Alfred-Döblin-Preis.

Libuše Moníková:
Eine Schädigung
Roman

Deutscher
Taschenbuch
Verlag

Von Libuše Moníková
ist im Deutschen Taschenbuch Verlag erschienen:
Pavane für eine verstorbene Infantin (10960)

Ungekürzte Ausgabe
1. Auflage März 1990
Deutscher Taschenbuch Verlag GmbH & Co. KG,
München
© 1981 Rotbuch Verlag, Berlin
ISBN 3-88022-246-0
Umschlaggestaltung: Celestino Piatti
Umschlagbild: Evelyn Kuwertz
Gesamtherstellung: C. H. Beck'sche Buchdruckerei,
Nördlingen
Printed in Germany · ISBN 3-423-11184-4
1 2 3 4 5 6 · 95 94 93 92 91 90

Für Jan Palach

Wenn sich nach langer Bewegungslosigkeit der Wind erhebt, ist die alte Straßenbahn bereits an der Endstation angekommen. Sie schwankt auf dem Hügel um die kahlen Neubauten, die die Stadt beschließen, fährt hinunter und beginnt den Rückweg. Im geometrischen Plan der Straßen und Gebäude bilden die wenig befahrenen, fast unnützen Gleise eine aufweichende Linie. Der Fahrer ist eine Studentin, die in den Ferien verdienen muß, die Nachtschicht verkürzt sie sich mit einem Wettlauf. Auf dem Hügel stellt sie die Bremse ein, springt ab und läuft den Berg hinunter, sie muß schneller als die Straßenbahn sein, um sie unten vor der nächsten Station zu erreichen. Erst dort steigen Leute ein, bergab fährt die Straßenbahn leer, kreischend umkurvt sie die Biegungen, und auf gerader Strecke nimmt sie Geschwindigkeit auf. Dreimal bergab schneiden die Gleise die Hauptstraße, die entlang das Mädchen hinunterläuft. Dann fährt die Straßenbahn hinter den Berg und schlängelt sich auf der anderen Seite hinab, bis sie den Rest zum Tal schief hinunterrast. Hier hat sich die Bremse soweit gelockert, daß das Mädchen einen großen Vorsprung braucht.

Sie läuft auf glatten rotbraunen Fliesen, mit denen auch die umstehenden Gebäudewände belegt sind, sie erheben sich vom Pflaster ohne einen deutlichen Ansatz. Die Mauern stehen gegen den dunkelnden Himmel, der tief grau ist mit violetten Streifen am Horizont. Die Grenze bildet ein verglaster Rundgang, in dem sich die Dämmerung noch einmal spiegelt. Der ganze Bau hat die Gestalt eines Stellwerkturmes, oben breiter, mit einem fensterlosen Rumpf. Solche Türme gibt es auf jeder Seite drei, verbunden mit Anbauten und umgeben von niedrigen Archivgebäuden. Es ist das neue Zentrum der Stadtverwaltung, abends verlassen. Das glatte Pflaster erinnert an den gekachelten Hof eines Reaktors, und das Mädchen läuft jedesmal mit Beklemmung vorbei. Hier ist Windstille und ein entferntes Sausen, wie unter einer Hochspannungsleitung. Alle hundert Meter eine elektrische Uhr, einundzwanzig Zifferblätter strahlen im Nebel, und wenn sie vorbei hastet, wird das Sausen und das Licht stärker.

Es ist schon längere Zeit her, als der Bahnstrecke entlang Wald wuchs und oben auf dem Berg Ausflügler die Stadt besahen. Die Straßenbahn war oft voll, bei Schnee lief man am Hang Ski. Eine Seilbahn führte hier durch, die Endstation war ein kleines Gartenrestaurant, von wo aus man die ganze Stadt sehen konnte. Die Seilbahn wurde zuerst abgerissen, dann das Restaurant. Als man den Wald zu fällen begann, wurde der Berg zur Baustelle erklärt und die Bezeichnung entmutigte die Leute. Einige Jahre veränderte sich das Terrain, und man hat sich an den aufgewühlten, kahlen Hang gewöhnt, kaum einer ist sich sicher, wie der Berg vorher aussah.

An die neuen Türme kann sich niemand gewöhnen. Im historischen Rahmen der Stadt wirken sie störend und wenn sie nicht Angst erweckten, wären sie mit ihrer stumpfen Form lächerlich. Oben auffällig ausgedehnt, sind sie wie riesige Satanspilze mit dunkelrotem Bein. Die vorteilhafte Lage des Berges erleichtert der Verwaltung die Kontrolle der Stadt, die Geräte auf den Türmen sind tagsüber in Betrieb und manche arbeiten automatisch auch nachts. Unter den Dächern wird registriert, verglichen, die Archive füllen sich. Wozu es gut sein wird, weiß niemand, die Zeitungen bringen keine Details. Jeder fühlt sich beobachtet, die Beklommenheit in der

Stadt nimmt zu. Amtliche Bekanntmachungen sind bisher nur wenige erschienen, aber immer wird auf etwas gewartet, eine Katastrophe hängt in der Luft, und die Mehrheit erwartet sie gespannt.

Die alte Straßenbahn wurde vergessen, sie klettert hier noch immer bergauf, um an der ehemaligen Endstation zu wenden. Der Verkehr beginnt eigentlich unten am Kai, bergauf fährt niemand mehr, nur manchmal, aber sehr selten, vergißt ein Betrunkener auszusteigen oder ein müder Arbeiter, der unterwegs eingeschlafen ist. Wenn sie der Fahrer nicht rechtzeitig bemerkt, bleiben sie sitzen und fahren mit ihm um den ganzen Berg, bis sie wieder dahin zurückkommen, wo sie aussteigen wollten. Manchmal weckt sie der Fahrer absichtlich nicht. Es ist für ihn eine willkommene Gesellschaft, niemand fährt auf den Berg gern allein.

Es soll bald geändert werden, die Angestellten haben sich mehrmals gegen den anstrengenden Umweg ausgesprochen und die Direktion stimmt ihnen aus Rücksicht auf den Zustand der Wagen zu, man wartet aber noch auf die Bewilligung der Stadtverwaltung und auf der Strecke läßt man inzwischen Hilfskräfte fahren, die auf das Nebeneinkommen angewiesen sind.

Die Verwaltung hat sich bisher nicht eindeutig geäußert. Die ratternde Straßenbahn belustigt die Beamten als harmlose Rarität, dazu könnte es ein Symbol guten Willens sein, ein Zeichen der Verbindung der Bürger mit ihrer Verwaltung – jeder kann herkommen. Der radikale Flügel, der sich in der letzten Zeit durchsetzt, ist aber Symbolen nicht geneigt und bereitet Veränderungen vor. Die Stillegung der Straßenbahn ist nur noch eine Frage von Tagen.

Das Mädchen kürzt sich mit dem Nachtlauf die lange Zeit trotz der Angst, die in ihr die Türme erwecken. Wenn sie hindurchläuft, denkt sie an das Ziel, das sie unten erreichen muß. Die Umgebung ist ein beliebiges Terrain: Sie nimmt darin die Steilheit des Bodens wahr, die Unebenheit des Pflasters, die Verwaltungsgebäude verlieren ihre Bestimmung und werden zu regelmäßig auftauchenden Wegmarken zwischen den Türmen. Hinter dem dritten Gleis kommt die stillste Strecke, und das Mädchen läuft instinktiv schneller; hier fährt die Straßenbahn hinter den Hügel und das Poltern, wonach sie sich bisher richten konnte, klingt ab. Sie wird nicht mehr wissen, wie weit und wie schnell die Straßenbahn fährt, sie wird sie erst unten am Kai wieder sehen, wo sie von der linken Seite kommt. Rechts wäre nur noch ihr Ende zu sehen. Einmal hatte sie es nicht geschafft, sie lief der Bahn durch die ganze Stadt nach und fand sie außer Atem an der Endstation in den Feldern stehen, sonst war nichts passiert. Sie stellte sich dann oft vor, daß die Straßenbahn allein durch die schlafende Stadt fährt, rasselt und wackelt – ziellos.

Nach der steilen Abfahrt hat die Straßenbahn am Kai noch eine beträchtliche Geschwindigkeit, das Mädchen muß rechtzeitig unterhalb des Berges sein, um den Atem zu fangen, bevor sie aufspringt. Ein paarmal griff sie erst im letzten Moment nach der Stange, noch zittrig, dann konnte es passieren, daß sie daneben faßte oder daß ihr die Stange aus der Hand rutschte.

Sie spürt ihren Atem in der Kehle und das Pochen im Kopf, die regelmäßigen Erschütterungen des Körpers, wie die Füße den Boden berühren. Die Hälfte hat sie hinter sich, und die Gebäude stehen nicht mehr so dicht. Sie zählt die elektrischen Uhren, die vor ihr den Weg beleuchten. Sie sieht nicht, wie spät es ist, die Zifferblätter nimmt sie nur als

Lichtscheiben wahr. Der Atem ist ausgeglichener, sie läuft jetzt leicht und sicher, die Umgebung bedrückt sie nicht mehr.

In die Stille und Hitze rauscht eine kühlende Schwingung. Der Wind vom Fluß hat sich erhoben und strömt gegen den Berg, das Mädchen taucht in seine Stöße, läßt sich tragen und mitbewegen, spürt ihre eigene Leichtigkeit. Sie stellt sich das Paar vor, das sich jede Nacht am Pfeiler unter der Eisenbahnbrücke trifft. Eine Frau und ein Junge, eigentlich ein junger Mann, sie lehnen aneinander am Kai, sie sind die einzigen Menschen hier in der Gegend. Im Vorbeirennen winkt sie ihnen zu. Die Frau antwortet jedesmal mit Lächeln, der Junge ist etwas scheu. Das Mädchen läuft mechanisch auf der Ebene weiter, in mittlerem Tempo, bis sie ins Gehen fällt. Sie geht tief atmend, die Hände in die Hüften gestemmt, und kehrt langsam um, der Straßenbahn entgegen. Manchmal muß sie bis zur Brücke zurück, ehe die Straßenbahn erscheint und sie dann vor der Frau und dem Jungen aufspringt. Nach der zerrüttenden Talfahrt wirkt die Straßenbahn zermürbter und abgenutzter, das Mädchen zieht an der Schnur, um zur Abfahrt zu klingeln.

Ihr letzter Lauf endet anders.

Das Mädchen läuft den Berg hinunter. In der Tiefe vor ihr glänzen schon in der Dunkelheit die Lampen vom Kai, und ihr Abglanz zittert auf der Oberfläche des Flusses. Der Boden wird ebener, bald werden die roten Fliesen von grauen Pflastersteinen abgelöst, sie wird auf sicherem, bekanntem Boden sein. Auf einmal hat sie schwarz vor sich, der Kai ist verschwunden, und ehe sie sich umsehen kann, bekommt sie einen heftigen Schlag vor die Augen, und Schmerz fährt ihr durch den Kopf.

»Na, Junge, bist du noch nicht hoch?« Das Licht der Taschenlampe schneidet ihr in die Augen, sie will den Kopf fortdrehen, aber vor Schmerz kann sie es nicht. Sie hebt die Hand, und während sie die Augen abschirmt, faßt sie an eine klebrige Stelle über der Schläfe. Sie hält die Finger vor die Augen, kann aber nichts erkennen, das grelle Licht blendet. Gleichzeitig spürt sie einen Tritt ans Schienbein. »Na, wird's bald? Oder soll ich dir helfen? Mach, daß du aufstehst!« Sie versucht das scharfe Licht zu durchdringen und ins Dunkle zu sehen, wer spricht. Das Pflaster ist kühl, sie zittert vor Kälte, wie lange kann sie hier schon liegen? Als sie sich auf den Ellenbogen zu stützen versucht, fällt sie wieder mit der Kopfseite auf die Kachel, und vor Schmerz treten ihr Tränen in die Augen, das Licht trifft sie aber nicht mehr. Am Kopf hört sie Schritte, jemand packt sie grob an der Schulter und zerrt an ihr. Sie riecht einen faulen Atem und mit Mühe befreit sie sich, endlich steht sie, an einem Tor angelehnt, und nicht begreifend sieht sie einen grinsenden Polizisten, der mit einem Knüppel am Gürtel pendelt.

»Los, Junge, deine Papiere, und keine Umstände!«

Gut, daß sie stehen kann. Sie muß sich noch anlehnen, aber im Kopf sticht es nicht mehr so heftig, und sonst ist sie wahrscheinlich in Ordnung. Mit wem redet der Polizist? Sie will etwas sagen, aber die Zunge klebt ihr am Gaumen, und sie räuspert sich nur.

Der Polizist packt ihren Arm: »Dann durchsuchen wir dich«, und fühlt ihr mit den Händen in die Taschen.

»Nein!« schreit das Mädchen und reißt sich los. Der Polizist bleibt stehen. Wieder leuchtet er ihr ins Gesicht, fährt mit dem Lichtkegel an ihrem Körper entlang, langsam, kehrt mehrmals zurück, mit

Wohlgefallen richtet er das Licht auf ihre Hose und zeichnet in der Luft einen riesigen imaginären Hintern nach. »So, das ist eine Überraschung. Was machst du hier, Kleine?« Er kommt näher. »Lassen Sie mich«, das Mädchen sieht sich nach einem Ausgang um. »Na na, mach keine Umstände, das hier ist ein bewachtes Objekt, wie kommst du hierher?« Der Polizist setzt einen scharfen Ton an und mustert sie mit Verdacht. »Oder willst du es uns erst auf der Station sagen? Wir lassen dich bei uns über Nacht und dann wirst du sprechen«, er hakt vom Gürtel einen Sender und schiebt die Antenne hoch. »Ich weiß nicht, wo ich bin«, sagt das Mädchen unsicher und sieht sich ratlos um. »Das erzählst du jemand anderm. Hier ist die Stadtverwaltung, verbotenes Gebiet. Und jetzt will ich hören, was du hier machst.« »Aber das ist kein verbotenes Gebiet. Dort fährt doch die Straßenbahn.« Der Polizist grinst: »Fuhr, fuhr. Von heute an fährt sie nicht mehr. Jetzt ist hier Eintritt verboten«, und er klatscht mit Befriedigung auf das Tor, daß das Blech rasselt.

Das Mädchen wird durch die Erschütterung wach: Deshalb ist sie gestürzt – sie rannte in der Dunkelheit gegen das Tor, der Weg ist hier jetzt versperrt. Als sie sich an die Straßenbahn erinnert, stockt sie. Sie dreht sich zum Ausgang und tastet hastig nach der Klinke. »Nanu, du wirst mir doch nicht weglaufen?« Der Polizist greift ihr von hinten unter die Arme und reißt sie zurück. Er hält sie fest, sie kann sich nicht bewegen. »Lassen Sie mich bitte los, ich muß schnell fort, sonst fährt mir die Straßenbahn weg!« Der Polizist preßt ihr die Hände auf den Busen: »Ein Taxi möchtest du wohl nicht?« lacht er und knetet ihr dabei die Brüste.

»Lassen Sie mich los! Lassen Sie mich los!« Sie dreht sich aus der Umarmung, versucht die Hände von der Brust zu ziehen, aber der Polizist steht eng hinter ihr und läßt sich nicht wegschieben. Er preßt sich fest an sie mit dem Bauch, atmet ihr auf den Hals und stößt sie mit dem Becken mit einer harten Beule, die er ihr weiter zwischen die Beine zu schieben versucht.

»Nein, loslassen, lassen Sie mich los!« Das Mädchen denkt nicht mehr an die entgleiste Straßenbahn, an Überfahrene, sie wehrt sich jetzt verzweifelt und stemmt sich gegen den Druck.

»Hilfe, Hilfe!« ruft sie zaghaft, lauter zu schreien wagt sie nicht, es ist ihr schrecklich peinlich. Der Polizist hält ihr trotzdem den Mund zu, wodurch die Umklammerung nachgibt, das Mädchen kommt frei und stößt ihn heftig von sich.

Der Täter sträubt sich – für den Polizisten eine übersichtliche, verständliche Situation. Er geht vor und schwenkt den Knüppel, nicht allzu stark, aber so, daß er die alte Wunde trifft und das Mädchen sich mit Stöhnen am Kopf fängt. Über den Handrücken saust ihr noch ein Schlag, ermahnender – als Warnung, und der Schmerz bringt sie plötzlich in solche Wut, daß sie sich unerwartet gegen den Polizisten stürzt. Sie schlägt mit der Faust, tritt den Polizisten, vor Wut bleich und fast das Bewußtsein verlierend. Der Polizist läßt es sich in stumpfem Staunen gefallen, schlaff schlägt er die Schläge ab und weicht aus. Plötzlich brüllt er auf, weil das Mädchen sich in seine Hand verbissen hat. Jetzt kommt er zu sich, reißt die Hand zurück und brüllt noch einmal; die Wunde blutet, das Mädchen hat den Biß nicht gelockert. Nachdenklich nimmt sie ein Stück fremde Haut von ihrer Lippe ab und spuckt mit Ekel den Nachgeschmack aus.

»Du Biest!« Der Polizist schlägt ihr ins Gesicht und stürzt sie zu Boden, haut den Knüppel über ihren Kopf und verdreht ihr die Hände im Rücken.

»Na warte, das bezahlst du mir!« Etwas klickt, sie spürt einen kühlen Druck am Handgelenk und eine feste Umklammerung, plötzlich kann sie die Hände nicht auseinander nehmen. Sie reißt sie vergeblich, und in der Sekunde, als sie begreift, daß sie gefesselt ist, überkommt sie eine schreckliche Angst, größer als der Schmerz von der blutenden Stirn und den Knüppelschlägen. Sie ist gefesselt, sie kann überhaupt nichts machen.

Bisher war ihr nicht eingefallen, daß ihr etwas passieren könnte. Der Polizist war ein Beschützer der öffentlichen Ordnung, er löste Unbehagen und Unsicherheit aus, wie die meisten Polizisten in der Stadt, besonders seitdem die Kontrolltürme standen. Sie waren selbstgefällig und brutal, aber das Mädchen hatte keine Erfahrungen und konnte nicht beurteilen, in welchem Maße. Am Anfang überwog bei ihr sogar ein gewisses Vertrauen in die Uniform, in die Legitimität des Dienstes und die Vorstellung eigener Schuld. Sie war überzeugt, daß der Polizist einen Verkehrsunfall untersuchte, sie hatte kaum wahrgenommen, was er sagte. Als er sie umpreßte, hörte die Uniform auf zu wirken, es war aber schon zu spät.

Es überkommt sie ein solcher Schrecken, daß sie in letzter Hoffnung aus aller Kraft um Hilfe ruft in das leere düstere Dämmern. Der Polizist rammt ihr einen Lappen in den Mund und reißt ihr hastig die Hose ab.

»Jetzt werden wir sehen, was für ein Weib du bist.«

Aus dem verstopften Mund kommt ein unverständliches Pressen, ein unhörbares Heulen in den Augen, das ganze verspannte Gesicht schreit. »Nein! Nein!« Das stimmlose Pressen glüht in der Lunge, drückt in den Ohren, hinter der Stirn und in den

Schläfen, der lautlose Druck hat die Lunge gesintert, sie steckt in ihrem Hals so, daß sie nicht mehr atmet, nicht lebt. Die Beine sind bewegungslos, der Polizist hat sie mit dem Knüppel verprügelt, als sie ihm beim Ausziehen ins Gesicht trat. Das brennende Stechen in den Augen läßt nach, sie sieht durch Tränen verschwommen, wie der Polizist seine Hose öffnet und sich mit einem fleischigen Stumpf in der Hand zu ihr niederhockt, und die Tränen trocknen vom neuen flehenden Schrei aus, der sie von innen lautlos verschlingt wie eine Flamme. Die Last des Haufens in Uniform und ein stumpfer, zerreißender Schmerz, der immer weiter in ihr schneidet, alle Gewebe und Bänder durchsticht – das ist das Ende, denkt sie unklar, und dabei nimmt sie jede Einzelheit wahr, neben dem wühlenden Schmerz inmitten ihres Körpers, den gelähmten Schienbeinen und dem Stechen im Kopf mit der nässenden Wunde an der Stirn spürt sie den rauhen Uniformstoff auf ihren nackten Beinen, die Kälte des Pflasters, die gefesselten Hände verdreht unterm Gewicht von zwei Körpern und im Gesicht das Haar des Polizisten; der süßliche intime Geruch ist das Widerlichste – er imitiert, daß der Polizist ein Mensch ist. Sie zieht den Kopf weg und hält den Atem an, einzig diese Bewegung ist ihr noch möglich. Unter dem vollen Gewicht des Polizisten bekommt sie kaum Luft, sie hofft, daß endlich alles vorbei sein wird, aber bisher hat sie nicht einmal das Bewußtsein verloren, sie fühlt verzweifelte Enttäuschung. Ohnmächtig reißt sie an den Handballen und erinnert sich wieder, daß sie überhaupt nichts machen kann.

Der Polizist hat sein Geschmeiß erledigt und erhebt sich zufrieden. »So, und jetzt mach, daß du 'rauskommst. Hörst du, ich habe keine Zeit. Sieh' zu, sonst besorgen wir es dir noch mal auf der Station!« Breitbeinig über ihr stehend knöpft er seine

Hose zu, eine Weile stockt er, läßt einen Furz fahren und zieht den letzten Knopf durch. Sie bleibt mit geschlossenen Augen liegen. Sie will sie nicht mehr öffnen, die Dunkelheit ist ausgleichend – in der Dunkelheit bleiben, nicht sehen, sie will hier nicht sein. Man kann sie treten, anschreien, es trifft sie davon nichts mehr. Sie wünscht nur, daß die Dunkelheit sie bald aufnimmt, daß alles vorbei ist.

Man schleppt sie weg, der Polizist muß sie vom Gelände entfernen. Seine Berührung ist aber widerlicher als die Vorstellung, daß sie so noch am Leben ist. Sie rutscht ihm aus und sieht, daß sie am Tor angelehnt liegt, sieht auch, daß sie wieder angezogen ist. Sie will sich setzen, aber mit den Handschellen geht es schwer. Der Polizist schließt sie mit verzerrtem Gesicht auf. »Na, bist du schon vernünftig? Und jetzt mach, daß du rauskommst, sonst wird's schlimmer, hier hast du nichts zu suchen!«

Das Mädchen sitzt, sie hält sich den Kopf, betastet die fühllosen Handgelenke, langsam zieht sie den Hader aus dem Mund. Der Magen kehrt sich in ihr um, aber der Polizist tritt sie wieder und mahnt sie zum Fortgehen. Er muß sie loswerden, er kann sich jetzt keine Göre auf dem Verwaltungsgelände leisten, es ist schon Licht, jemand könnte kommen. »Dann wird's bald, du Hure, hat's dir nicht genügt, willst du nochmal?« Er grinst und bringt sie mit einem Ruck auf die Beine.

Die Grimasse ist noch nicht von seinem Gesicht verschwunden, als es ein heftiger Schlag mit dem Knüppel zerquetscht. Das Mädchen hat im Hochtaumeln den Knüppel gefaßt und beim Zurückstoßen abgerissen. Sie wundert sich über die Leichtigkeit, mit der sie schlägt, sie braucht längst nicht so viel Kraft wie vorher. Das Ziel ist das stumpfe grinsende Gesicht.

Der Polizist greift nach der Pistole hinten am

Gürtel, zieht sie aber nicht mehr heraus. Das Mädchen schlägt nochmal zu und nochmal, nochmal, nochmal, sie haut auf die Puppe und spürt, daß im gezerrten Gelenk wieder Blut strömt. Nach der langen schmerzhaften Starrheit hat sie das Bedürfnis, die Hand zu beschäftigen und in Bewegung zu halten. Sie schlägt mit dem Knüppel, auch wenn der Polizist schon auf dem Boden liegt, sie prügelt noch, als sich schon nichts mehr bewegt und nichts mehr zu hören ist, sie haut und prügelt, schlägt, holt aus und drischt, schlägt, daß das Blut spritzt. Sie hört auf, nur um den Atem zu holen. Sie will weiter schlagen, aber es ist nichts mehr zu treffen, es ist schade, sie möchte ihn nochmals töten.

Sie arbeitet jetzt überlegt. Sie wickelt den zerschlagenen Kopf in die Jacke und schleppt den Toten zum Ausgang. Seine Requisiten – den Knüppel, die Handschellen, den Sender und die Pistole steckt sie ihm hinter das Hemd. Die kleine Tür im Tor ist nicht verschlossen, am Kai entlang fährt ab und zu ein Wagen, aber noch selten, aus dem Fluß steigt der Dampf. Sie schließt hinter sich den Eingang in dem neuen frischen Tor, liest automatisch das große warnende Schild darauf und schleppt den Körper über die Straße auf den Bürgersteig am Kai. Bevor sie ihn hebt und über das Geländer wälzt, erholt sie sich etwas. Als sie ihn hinüberschiebt, rutschen seine Sachen heraus und verschwinden im Wasser. Ihnen nach klatscht die Leiche, der steife Uniformstoff bläht sich auf und treibt ab. Als er sich dem Wehr unterhalb der Brücke nähert, nimmt er an Geschwindigkeit zu.

Dahinter hat sich die Leiche nicht mehr gezeigt.

Das Mädchen geht am Geländer der Leiche nach, sie wird jetzt müde und der Abstand wächst. Der Schoß brennt, das Gehen schmerzt, sie fühlt die verprügelten Beine und den zerschlagenen Kopf, sie bemüht sich, nicht zu stolpern. Sobald sie den Mund öffnet, wird sie erbrechen. Es fällt ihr ein, sich im Fluß abzuspülen. Schwer steigt sie die Treppe zur Navigation hinab, über ihr am Kai beginnt schon der Verkehr.

»Guten Tag! Wir haben schon auf Sie gewartet«, die Frau lächelt und nähert sich ihr mit ausgestreckten Armen, hinter ihr etwas zögernd der Junge. »Was ist Ihnen passiert, Sie bluten!« Das Mädchen schüttelt den Kopf, sie will nicht, daß sie jemand beachtet und wendet sich weg, aber die Frau stockt nicht, sie packt sie an den Schultern und schiebt sie vor sich her. »So können Sie nicht bleiben. Peter, die Schlüssel!« Der Junge läuft vor ihnen los, und das Mädchen sieht ihm verständnislos nach. Was soll er öffnen? Hier ist nur ein alter Bootsstapel. An der Kaimauer und daneben eine öffentliche Toilette. Er sprang in ein Hausboot neben dem Landungssteg und verschwand unter dem Deck.

»Da wohnen wir«, sagt die Frau.

Sie begreift, woher sie die Frau kennt. Nachts unter der Brücke sah sie anders aus, am Tag hat sie sie noch nie gesehen. Sie hat einen Knoten aus honigfarbenem Haar mit gelockerten Strähnen wie in Eile zusammengesteckt, breite Wangenknochen und grüne Augen, weit voneinander und schief. Es ist ein massives Gesicht, mit aufgewälzten Wangen über breiten Backenknochen, es wirkt auf den ersten Blick hart und gleichzeitig verschlafen. Ein befremdendes Gesicht, daneben sind die anderen wie zerkocht oder winzig, man vergißt sie. Sie hält ihre Schultern fest und schiebt sie bestimmt vor sich. Das Mädchen ist jetzt für Berührungen empfindlich, von der Frau aber erträgt sie es. Neben dem Schmerz und der Müdigkeit nimmt sie die Energie der Frau wahr.

Der Junge hat ins Waschbecken aus dem Topf vom Heizer warmes Wasser eingegossen und ist wieder hinausgegangen. Das Mädchen sieht in der Ecke ein niedriges Bett, mit einer braunen Decke überzogen. Sie geht hin, streckt sich darauf, und in dem Augenblick weiß sie von nichts mehr. »Sie blutet am Kopf, sie darf jetzt nicht schlafen«, jemand hebt sie und zwingt sie zu trinken, auf der Zunge spürt sie Kaffeegeschmack und erbricht. Dann wird ihr Gesicht gewaschen, die Frau lächelt und sagt: »Jetzt ist es schon in Ordnung«, der Magen schaukelt nicht mehr.

Langsam versucht sie sich zu verständigen, als würde sie erst Sprechen lernen, und mit dem steifen Gesicht zu lächeln. Sie sucht nach Wörtern, aber in ihrem Kopf wirbelt es und nichts fällt ihr ein, sie kann sich nicht erinnern, was sie sagen wollte. »Ich . . . nein. Das nicht«, und beginnt an der Schulter der Frau zu weinen. Sie weint lange, bis zur Erschöpfung, zur Stummheit, bis sie in Stille erstarrt. Minutenlang liegt sie ohne Bewegung, und das wirre Getöse hinter ihrer brennenden Stirn läßt nach. Das Bewußtsein klärt sich, die Wörter kehren zurück. »Ich muß mich jetzt waschen«, sagt sie mühsam und steht auf. Die Frau unterstützt sie, führt sie zum Waschbecken, hilft ihr sich auszuziehen und bereitet eilig die Sachen zum Waschen vor. Mit einer Hand hält sie das Mädchen und mit der anderen zieht sie hastig die Arzneischachtel heraus. Das Mädchen sieht jetzt ihre Beine, violett mit aufgeschwollenen Striemen auf den Waden, die Schenkel dünn blutverkrustet. Die Schleimhaut ist aufgerieben, jede Berührung sticht. Die Frau saugt mit Watte das Blut aus dem Schoß, wäscht das verletzte Gewebe mit Kamille und bestreicht es leicht mit Salbe, ehe sie ein Stück Watte anlegt. »Jetzt wird es schon besser.« Das Mädchen sieht müde zu, es fällt ihr ein, daß sie sich vor der Frau nicht schämt, zu ihrer Mutter hatte sie nie soviel Vertrauen gehabt. Sie fühlt Erleichterung, die Wunde ist zu einem erträglich fühlbaren Organ geworden. Es ist wieder ihr Körper, zur Mattigkeit zerschlagen, aber lebendig. Bevor sie einschläft, gelingt ihr ein Lächeln.

»Nehmen Sie jetzt meinen Pullover, Ihrer ist voll Blut.«

»Nein, das geht nicht.«

»Es muß gehen, in diesem können Sie nicht auf die Straße.«

Das Mädchen lehnt ab: »Das ist nicht mein Blut, ich will nicht, daß Sie da hineingezogen werden. Ich muß jetzt schon gehen.«

Die Frau lächelt: »Ich hoffe, daß es nicht Ihr Blut ist. Machen Sie sich keine Sorgen, Ihre Straßenbahn haben wir.«

»Was, wo ist sie?«

»Hinter der Unterführung, auf dem Rangiergleis, Peter wartet dabei, er kann fahren. Sie können gleich fahren, wenn Sie sich danach fühlen, aber zuerst müssen Sie den Pullover wechseln.«

»Sie sind großartig!«

»Nein, das sind Sie. Außerdem sollten Sie mitkommen. Wir fahren nächste Woche flußaufwärts an die Grenze, dort haben wir eine Kolonie. Dort wird Sie niemand suchen.«

»Woher wissen Sie alles?«

»Vorhin, als ich Sie sah, war ich sicher, daß die Leiche, die hier vorbeitrieb, mit Ihnen zu tun hatte. Ich heiße Mara. Sie sollten mitfahren, es wird Ihnen dort gefallen. In dieser Stadt kann man nicht mehr leben. Wir müssen noch über alles sprechen, wenn Sie dazu imstande sind. Ich würde Sie auch gern malen.«

Das Mädchen hört zu. Die Frau weiß es; sie hatte

es die ganze Zeit befürchtet, und nun spürt sie eine tiefe Erleichterung. Jetzt ist alles möglich und nichts so fürchterlich, daß sie es nicht ertragen könnte. Sie lächelt aus der Verspannung und greift nach Maras Hand. »Ich heiße Jana. Ich werde kommen.«

»Jana, brauchen Sie noch etwas? Wir fahren jetzt mit Ihnen.«

»Nein, ich möchte lieber allein fahren.«

Auf der Straßenbahn, als sie die Kurbel auf dem Schaltbrett drehte, sah sie aus einer ungeheueren Entfernung ihren verständigen Griff.

So alt ist sie jetzt, daß sie von den früheren gewohnten Handlungen keine Vorstellung hat. Sie fährt an, ohne dazu zu gehören. Dann fällt ihr Mara ein, und das Fremde, das ihr Gesicht wie eine Maske umspannt hielt, erweicht, dazwischen spürt sie ihre vergessenen Züge wieder.

Sie neigt sich weit aus der Straßenbahn und ruft in das Rattern der Bahn, in den Lärm des Kais: »Mara, Mara, Donnerstag!«

Und wenn es doch gelingt, den Polizisten zu verschweigen, gegen Uniformen hat sie keine Chance, und es einem Zivilisten zuzuschieben, die Bezichtigungen durchzustehen, das Ausziehen, Betasten, Protokollieren, Erklären, das Flehen von einer Instanz zur nächsten, bis zur kompetentesten, zur Interruptionskommission, wo jede empörte, beleidigte Hausfrau, die nicht genug gegrüßt worden ist, wie eine Geschworene das Vetorecht gegen Fachleute benutzt, wird sie schließlich bestenfalls wieder mit gespreizten Beinen auf dem gynäkologischen Tisch liegen.

Der Letzte, der den Eingriff ausführt, fragt nichts mehr, es ist bewilligt, er muß sich nicht decken noch große Rücksicht nehmen. Seine Haltung ist routinemäßige Zurückhaltung, die in den entblößten Frauen ausnahmslos schlechtes Gewissen, Schuldgefühl, Erniedrigung und Dankbarkeit auslöst. Die Abtreibung ist schmutzig, schleimig wie die Geburt, aber am Ende erscheint nicht das neue Leben, und der Schmerz und die Erniedrigung hat keinen Sinn. Die gesamte Anästhesie wird mit einer unterschwelligen moralischen Tendenz ausgeführt, bei der es ruhig etwas schmerzen kann – damit sie das nächste Mal besser aufpaßt, und der Eingriff ist deutlich zu spüren. Die Bemerkungen der Schwestern, Extrakt der öffentlichen Meinung, sind nicht zu überhören, doch der physische Schmerz entschärft die Wahrnehmung. »Jetzt wollen wir mit der Kürette hineinfahren, so, halten, nanu, zucken Sie nicht! Abzwicken, was abzuzwicken ist«, sagt der Arzt schon fröhlich, »und die ganze Gebärmutter, wo sich schon alles vorbereitet hat und angewachsen ist, ausschaben. So, alles heraus, hier ist noch ein blutiger Fetzen geblieben, und hier ein Stück neues Gewebe. Und wenn Sie schreien werden, wird's schlimmer, nanu, was ist das? Sie sollten sich mehr beherrschen, besonders in Ihrer Lage!«

Wie fühlt sich die Frau auf dem gynäkologischen Tisch mit gespreizten Beinen? Die Versuchsvagina, an der Medizinstudenten üben können. Jeder kann zusehen, jeder kann mit dem Finger hineinfahren, im Handschuh. Oder mit dem Untersuchungsglas. »Schön tief, nicht zurückzucken! Sehen Sie, alles sauber abgeschabt. So, fertig, und die Nächste!«

Lange danach werden die Brüste noch anschwellen, lange noch wird sie bluten, jeden Schritt schmerzhaft spüren, schweißgebadet aus Angstträumen erwachen. Ein Totschlag ist dagegen wenig.

Der erste Schlag in das Gesicht des Polizisten überraschte sie, kam unerwartet für den Arm, die Bewegung fuhr hinein wie ein Luftzug in die höchste Atemnot. Gleich setzte der Arm heftig und gleichmäßig die Bewegung fort. Es brachte sie aus der Stummheit zur Artikulation, in einen Zustand, in dem sie sich wieder benennen konnte. Aus den Hebungen und Schlägen des Armes rissen Begriffe auf, Bezeichnungen für ihren Körper. Für die Umgebung reichte es nicht, zuerst mußte der Baukasten der eigenen Person gefüllt sein. Das Gesicht des Polizisten verendete ehe sie voll bewußt wurde, sie kannte ihr Geschlecht, weil es brannte und blutete, sie wußte, daß es weiblich war, und ergänzte die entsprechenden Organe, setzte den Kopf auf, aber da lag ihr der Polizist bewegungslos zu Füßen, und der Faden der Selbsterinnerung, die Kette der Wörter, die aus den Schlägen geflogen kamen, brach ab, die Konstruktion blieb unfertig. Ihr Körper, neu zusammengestellt aus Begriffen, stand da. Sie entfernte sich ohne Einmaligkeit, ohne Vergangenheit und ohne einen Sinn von sich zu haben, bis ein ausgestreckter Arm sie aufhielt, und die Stimme, die vervielfacht von der Brückenwölbung zurückgehallt hatte, klar wurde. In dem Moment, als sie sie verstand, fand sie ihre Besonderheit wieder. Der Aufenthalt durch Mara hatte ihr das Gefühl zurückgebracht, daß sie gemeint wurde, und wer das war.

Sie bekam ein neues Gedächtnis, sie wußte, daß der Polizist keinen Ausgleich erlitten hatte. Dem Schlimmsten war er entgangen, er hatte keine Verzweiflung kennengelernt. Dort, wo von dem Boden des Bewußtseins sich im Opfer Bereitschaft hebt, Zweifel, ob die Mißhandlung nicht zu Recht geschieht. Die Fesseln an den Händen rufen ein Schuldgefühl hervor, eine Erinnerung an einen Haß oder eine Angst, die zupackt und die Anklage erstickt. Diese Angstschuld entsteht ohne Unterschied, ob die Fesselung aus einem amtlichen oder privaten Mutwillen geschah. Es bleibt stumme Erstarrung. – So lag sie auf dem Pflaster, nackt, zerschlagen und gefesselt, und der Polizist angezogen, stehend, übergroß, leuchtete ihr auf das Geschlecht und grunzte vor Befriedigung.

Der Schlag ins Gesicht saß, er war genau und nötig, die nächsten zogen mechanisch nach, aber ein Ausgleich war es nicht.

Aus dem Gefühl eines Versäumnisses heraus öffnet Jana die Augen. Durch die abdichtenden Vorhänge dringt rötliches Licht ins Zimmer und schwankt an den Wänden nach den Bewegungen des Stoffes. Die Luft ist schal, von draußen drängt undeutlicher Lärm herein, die Farbe und Menge zeigen an, daß es später Tag ist. Die abgestandene Luft verstärkt das Gefühl von Verspätung und gleichzeitig drückt sie Jana mit einer Mattigkeit nieder, die sie mit vollem

Gewicht auf ihrer verdrehten Hand liegen läßt, das Gesicht im Kissen, mühsam atmend durch den verzogenen Mund. Sie quält sich in Vorstellungen, bis sie mit einem Zucken die verbogene Lage lösen muß und eine kurze Ablenkung eintritt, dann fassen ihre Gedanken das Bild wieder. Sie will nicht fest einschlafen, sie würde nicht fühlen, wie ihre Müdigkeit sie einholt. Sobald sie die Lage ändert und der Schmerz verschwindet, schläft sie betäubt und verschläft den Schlummer, in dem sie die Umgebung schon spürt, und diese noch in den Traum hinüberreicht.

Es ist ein Spiel von früher, heute will sie nicht träumen. Sie steht auf, mühsam, und greift nach der Uhr. Es sind steife Bewegungen und der Blick auf die Uhr ist leer. Sie sieht sie ratlos an, weiß damit nichts anzufangen, bis ihr die Bewegung des Sekundenzeigers auffällt. Sie verfolgt mehrere Umläufe ohne Sinn. Sie versucht bewußter hinzuschauen, es ist drei Viertel elf.

Der Weg ins Bad und der verlangsamte Lauf der morgendlichen Verrichtungen: die Bewegungen sind auf die notwendigsten beschränkt, die Schleimhaut brennt beim Urinieren, die Rißwunde über der Schläfe ist getrocknet, das Gewebe darunter geschwollen. Die Gesichtshaut spannt, ein Blutstropfen füllt sich auf der gerissenen Lippe. Ihr Blick in den Spiegel gleitet über ihr Gesicht und geht hindurch, ins Unbestimmte, wo er verschwommen erstarrt.

Allmählich wird sie wach. Das Zusammentreffen mit Mara fällt ihr ein, sie muß zuerst wissen, welcher Tag es ist. Sie blättert den Kalender, weiß aber nicht, wonach sie das Datum bestimmen soll, sie hat lange geschlafen. Sie öffnet weit das Fenster und beugt sich hinaus, sucht nach einem Zeichen, aber unten wirkt nichts bestimmt. Sie würde rufen, wenn es jemand hören könnte, doch der allgemeine Lärm ist zu groß.

Die Straße hat sich verändert, sie wirkt störender, häßlicher. Der Verkehrslärm ist größer, die Bremsen kreischen ungewöhnlich oft und grell, plötzliche Stauungen und dann ruckhaft Pausen – Passanten laufen ungeschickt, schreckhaft zwischen den Straßenbahnen und der Fahrbahn –, von oben sieht sie die Gefährlichkeit. Eine Gereiztheit scheint durchzuschlagen und zu sprühen, als sollten sich alle gegeneinander stürzen. Die Feindseligkeit hebt sich vom Pflaster mit den Abgasen der Fahrzeuge bis zu den höchsten Fenstern in dem Sezessionsverputz. Die Fronten mit Engeln über den Haustüren, mit blauen Mosaiken zwischen den Etagen und mit Ornamenten, die sich den Erkern entlang ziehen, sind schwarz von der täglichen Zerstörung.

Aus der Entfernung kann man noch erkennen, daß alle Häuser gelb gestrichen sind. Die Paradehäuser der Jahrhundertwende mit ihrer verschnörkelten Größe stehen starr neben dem Chaos, sie übersehen es und verbinden sich mit der Landschaft, die auf der anderen Seite beginnt, wo hinter einer Sperre von Gebüsch ein großer Park liegt, der zu ihrer Zeit gepflanzt worden war.

Jana wendet sich ab, verläßt das Zimmer und geht auf den Flur. Sie klingelt an der ersten Tür, dann ungeduldig noch einmal, aber niemand öffnet. Sie geht weiter zum hinteren Treppenhaus, und dort an einer abgeschundenen verzierten Tür versucht sie es wieder. Nach längerem Läuten wird hinter der Tür Schlurfen von Schritten deutlich und Kramen, Husten, dann eine schrille Stimme: »Ist das Post!« »Nein.« »Was wollen Sie dann?« Jana spricht verlegen zu der verschlossenen Tür. »Können Sie mir bitte das heutige Datum sagen?« Die Stimme hinter der Tür kreischt empört auf: »Was? Wer sind Sie überhaupt?« Jana erklärt mit restlicher Geduld: »Ich bin Ihre Nachbarin, ich wollte wissen, welcher Tag heute ist.« Hinter der Tür ist es eine Weile still, dann schiebt sich die Klappe zur Seite und in der runden verglasten Öffnung erscheint ein Auge. Es fährt hinauf und hinunter auf sie gerichtet, das runzlige Lid kneift zusammen. Jana schaut unbewegt darauf, es fällt ihr ein, daß sie hineinstechen würde. Das Auge schwimmt im Guckloch, eingesetzt in die riesige Tür, als würde es für sich allein existieren. Es ist wäßrig, seine fast faßbare Feuchtigkeit und die Vorstellung, daß es auslaufen würde, sind ekelhaft. Jana dreht sich zum Fortgehen, als hinter ihr das Aufschließen und das Rasseln der Kette zu hören ist. Die Tür öffnet sich schmal, hinter der gespannten Kette schiebt sich eine geduckte Gestalt und ein Vogelgesicht in den Spalt. Sie sieht Jana wild an und tritt ängstlich zurück, als Jana einen Schritt zu ihr macht. »Nicht näher kommen! Was wollen Sie? Ich öffne niemandem!«

Jana sieht sie mit Staunen an. »Sie müssen nicht öffnen, ich wollte wissen, der wievielte heute ist.« »Haben Sie denn keinen Kalender?« Die Frau mustert mißtrauisch ihre Stirn. Jana sucht das Auge. Welches war es, beide sind jetzt kleiner. Sie schaut aufmerksam, durchdringend hin, bis die Frau verworren ausstößt: »Heute ist der dreißigste, Freitag, ich warte auf die Rente«, und gleich erschrickt sie, daß sie zu viel verraten hat. Trotzdem fragt sie gierig: »Wovon sind Sie so zugerichtet?« Sie muß es erfahren, für ihre Auskunft will sie einen Gegenwert.

Jetzt sind die wäßrigen Augen in eins verschwommen, in das lose schwimmende Auge vom Guckloch, ein Schleimfaden zieht sich von ihm her. Mit Übelkeit im Mund sagt Jana starr: »Vergessen Sie nicht, sich wieder einzuschließen«, und biegt in den

Flur zurück. Vor ihr flimmert es, sie stolpert nach dem Gedächtnis fort. Es ist ein hoher, kalter Gang mit Lampen aus Milchglas mit Verschlingungen, sie schaffen eine matt erleuchtete Dämmerung, wie sie in den Nebenschiffen der Alten Kirche herrscht.

Dann also Freitag, einen Tag zu spät. Mara hat auf sie vergeblich gewartet. Wie lange kann sie geschlafen haben? Dienstag wurde sie vergewaltigt, Dienstag hatte sie den Polizisten getötet, hatte Mara getroffen, hatte die Straßenbahn ins Depot gebracht. Alles dauerte nur ein paar Stunden, dann war sie schlafen gegangen. Schon drei Tage wuchert in ihr vielleicht der Fötus des Polizisten. Sie muß Mara treffen.

Die Unstimmigkeit zwischen dem Datum, das ihr die Alte gegeben hat und dem eigenen Zeitgefühl verwirrt sie. Sie scheint mit den erfolglosen Versuchen zusammenzuhängen, Maras Gestalt hervorzubringen, mit denen sie immer wieder anfängt und die in ihr manchmal Zweifel hervorrufen, daß es Mara gibt. Bisher gehörte die Angst, daß sie sich mit Mara irrt, zu der Spannung, in der sie sich auch vorbereitete, verhaftet zu werden, aber noch fern in der Vorstellung. Ihre Befürchtungen waren trotz ihrer Dringlichkeit unbewiesen, und jetzt hatte das Versagen ihrer inneren Zeit, der sie immer noch glauben wollte, einen Fehler aufgedeckt, der als Anfang einer ganzen Reihe erscheinen konnte, die zu ihrem Aufspüren, zur Schwangerschaft, zu Maras Nichtexistenz führte.

Sie stemmte sich gegen die Behauptung der Alten. Sie mußte für sich Mara beweisen, damit es einen Sinn hatte, an das Zusammentreffen mit ihr zu denken, und es zu verwirklichen. – Eigentlich weiß sie es, der Eindruck von Maras Persönlichkeit ist nicht geschwächt, es ist eine Stelle der Ruhe, nach der sie tastet, wenn die Verzweiflung sie ergreift.

Beweis: im Kalender, den sie neu blättert, ist unter der 30 im August Donnerstag angegeben.

Beweis: die Zahl, die auf ihrer Uhr das Datum zeigt, ist 30.

Summa: heute ist der dreißigste, aber Donnerstag. Sie spielt ein bißchen, weil sie völlig erleichtert ist.

Die Frau bekommt ihre Rente am dreißigsten, im Datum irrt sie nicht, aber den Tag hat sie verschoben; alte Leute wollen meistens, daß es schon der nächste Tag ist, weil ihnen die Zeit langsam verläuft.

So daß auch dieses Erwachen nicht zu den schlimmsten gehörte.

3

Auf dem Weg zu Mara stürzte sich Jana auf die Gesichter der Entgegenkommenden mit einem Rest Zutrauen, aus dem Gefühl, daß sie heilig ist. Sie hatte nie an ihrer Unantastbarkeit gezweifelt, und obwohl sie der Polizist zerstört hatte, neigte sie zu dem Gedanken, daß sie unentdeckbar ist. Sie mußte nicht listig vorgehen, es war eigentlich Bedingung, nicht vorsichtig zu sein. Irgend etwas, ein Auftrag, schützte sie, aber sie wußte nicht, was es war. Da ihr Leben für sie einmalig, ohne Analogie war, mußte sie für einige Erscheinungen in ferneren Gebieten nach Bezeichnungen suchen. Heilig sein schloß manchmal das Gefühl zu schweben ein und hing jetzt mit der Sicherheit zusammen, daß sie Mara nicht verpassen würde. Aber die Gesichter, die sie nach den zwei Tagen gierig in der Menge suchte, spiegelten den Schein ihrer Erwartung nicht zurück.

Es waren Gesichter, in denen sich die Gewalt der Straße konzentriert hatte, wenn sie in Glut ausdünstet, Fußgänger und Fahrzeuge zusammentreibt und ihren Geruch mit der modrigen Luft der Hausflure und Abwasserkanäle mischt. Jana suchte wie früher die Gesichter von Mädchen und Frauen, es war ein Spiel, und es gelang manchmal, die gegenseitige Spannung mit dem Blick zu steigern, bis ein Funke des Erkennens überschlug. Ein Lächeln war dann als Trophäe aufzubewahren. Im Entwurf ihres Tages war ein strahlender Punkt aufgesprungen. Sie brauchte diese Blicke.

Das Treffen mit Mara hatte in ihrem Gedächtnis die Zahl der glücklichen Fälle vervielfacht. Obwohl sie vorher der Blick aus dem Fenster beunruhigt hatte und das Gehen sie schmerzte, kam Jana ungeduldig auf die Straße. Sie klammerte sich an Frauen, sie erwartete von ihnen alles. Bisher waren es Männer, mit denen sie rechnen mußte, sie bestimmten die Grenzen. Jede unweibliche Handlung rief Gegenmaßnahmen hervor. Jana mußte Frauen begegnen, die sie bewundern konnte. Diesmal wollte sie in den flüchtig stummen Kontakten Worte hören.

Es ergriff sie das heiße Wogen entgegengestemmter Schultern, schleudernder Arme und schwerfälliger Füße. Es waren nicht viele Mädchen unter den Entgegenkommenden und es war nicht die Verschiedenheit der Gesichter, die sie hinderte, Verbindung aufzunehmen, sondern ihre Einheitlichkeit. Neben kleinen einzelnen Häßlichkeiten bewahrten sie die Haupthäßlichkeit gemeinsam – einen stumpfen, erhabenen Zug um den Mund, der kalt und schlaff in die Wangen zog. Der Umschlag ihrer Erwartung in diese Konfrontation lieferte Jana aus, bei aller Anonymität und Verschwommenheit sah sie, daß die Härte der Gesichter gegen sie gerichtet war, sie spürte den sicheren Widerwillen. In ihrem heftigen Gefühl von Loyalität gegenüber Frauen mußte sie sich dem weiter aussetzen, weil sie sich nicht damit abfinden wollte, daß das alles war. Die bereite Unterwürfigkeit, die trostlose Dummheit, die sich in selbstgefälliger Stumpfheit und Mißform äußerte, brannte wie Verrat.

Sie sah Mädchen vorbeigehen, träge, schwer, Gewichtigkeit vor sich hertragend, ohne Denken. Sie waren modebewußt. Sie trugen Hosen, oben fest gespannt und einschneidend, ließen sie den überschwellenden Bauch, den facettenhaften Hintern und umfangreiche Schenkel hervortreten. Die Hosenbeine vom Knie abwärts waren unmäßig breit, der Stoff verfing sich zwischen den Waden, die Überlänge glichen plumpe Schuhe auf riesigen Sokkeln aus, die den Gang noch labiler, noch weiblicher machten. Zwischen den schweren Schenkeln zeichnete sich deutlich das Dreieck ab, die Schamlippen, in der Mitte gewürgt, quollen zweilappig aufgeschwollen hervor. Die Mädchen wankten mit schiebenden Schritten vorwärts, in den Zwangshosen kaum beweglich, mit erschütternder Überzeugungskraft ihre physische Ohnmacht demonstrierend. Wollten sie vergewaltigt werden, auf der Straße umgestoßen und benützt werden, da sie sich schon im voraus jeder Widerstandsmöglichkeit entledigt hatten? Niemand müßte sie fesseln.

Eben lachte die ganze Gruppe und zeigte auf etwas über Janas Kopf hinweg. Die Mädchen verstellten dabei den Fußgängerweg und riefen sich laut Bemerkungen in einer fremden Sprache zu. Gedrängt von losen Mündern und Bäuchen spürte Jana immer deutlicher ihre verprügelten Beine und vom Magen eine Schwäche, aber sie wollte zu Mara und deshalb ging sie weiter.

Die Weise, wie sie das Taxi angehalten hatte, überraschte sie; sie gab das Ziel sachlich an, ohne die übertriebene Höflichkeit und Freundlichkeit, die sie sonst in Situationen äußerte, bei denen sie bedient wurde, aus Scheu und Schuldgefühl, daß sie andere für sich mietete. Die sich verdichtende Umklammerung, in der die Straße sie hielt, zwang sie, schnell zu handeln. Der Fahrer war ein Schwätzer, an ihrem steifen Gesicht kam der Ausguß seiner leeren Gutmütigkeit jedoch zum Stocken. Sie fuhren schweigend, ab und zu redete der Fahrer vor sich hin, wenn sie lange an Kreuzungen warteten, sah nach ihr, was sie dazu sagte, und fuhr weiter, ohne ihre Antwort. Der erste Anfall von Traurigkeit und Bitternis war abgefallen. Jana begann die Atmosphäre im Wagen wahrzunehmen, und es wurde ihr bewußt, daß der Fahrer sich vor ihr unwohl fühlte. Sie wartete seinen nächsten Blick ab und lächelte, um ihn zu beruhigen. Sie war dabei bereit, die darauf folgende Unterhaltung in Kauf zu nehmen. Sie rechnete damit, daß er nach der Stirnwunde fragen würde – er hatte mehrmals danach gesehen, und sie wollte antworten, obwohl sie keine Lust zum Sprechen hatte. Die Reaktion war aber ganz anders.

Der Fahrer hatte augenblicklich ihre Unsicherheit herausgespürt; das Lächeln hatte er als Selbstverständlichkeit kassiert, blieb dabei und sah sie nicht mehr an, sie interessierte ihn nicht mehr. Er zündete sich ungezwungen eine dünne stinkende Zigarre mit Mundstück an und blies den Rauch in ihre Richtung aus. Jana erstarrte vor Unbehagen, von dem Gestank wurde ihr schwindlig, sie erinnerte sich, daß sie nichts gegessen hatte. Der Augenblick der Unaufmerksamkeit sich gegenüber, die instinktive Bemühung, den übermäßigen Respekt des Fahrers zu zerstreuen, rächte sich sofort, sie wiederholte zum unzähligsten Mal die gleiche Erfahrung. Den kleinen Fehler zu korrigieren kostete jetzt alle Kraft, und Jana wußte, je länger sie zögerte, desto mehr nahmen ihre Hemmungen zu und die Selbstsicherheit des anderen.

Von selbst ging es nicht. – Sie fühlte die Geste der ausgeholten Hand gegen den Polizisten noch einmal nach und sagte plötzlich ganz ruhig: »Rauchen Sie bitte nicht.«

Der Fahrer hatte sich seinem Genuß unbekümmert ergeben, er hatte gewonnen, wie er spürte, und der Rückschlag kam unerwartet. Da er sich auf die Nachgiebigkeit des Fahrgastes eingerichtet hatte, ohne einen Gedanken daran zu wenden, bedeutete jetzt Janas Ton für ihn eine Anordnung, und er langte zum Aschenbecher, noch bevor er die Bewegung begriffen hatte. Dann stockte er, sah Jana gereizt an und als er sich von der Ruhe überzeugt hatte, mit der sie wartete, löschte er die Zigarre und halb verärgert, halb erschrocken sagte er gedehnt: »Bitte.«

»Danke.« Jana wandte sich zum Fenster und kümmerte sich nicht weiter um ihn.

Sie fuhren jetzt durch Straßen, die nicht mehr zum Zentrum gehörten, die Fahrbahn war leer geworden, und das Taxi raste, wahrscheinlich wollte der Fahrer die Tour schon hinter sich haben. Ein leichtes Schwindelgefühl war geblieben, gehalten durch den kalten Zigarrengeruch und die schnelle Fahrt. Jana fühlte sich durch die weiche Bewegung getragen, hätte aber gern mehrmals angehalten und die auffälligen Häuser von der Nähe ansehen wollen, die hier stellenweise erschienen. Sie fuhren durch das kubistische Viertel; sie kannte einige Gebäude von Fotografien, hatte aber nie genau gewußt, wo sie eigentlich standen. Sie wirkten abgenutzter, aber es waren eindeutig kubistische Bauten mit ihren prismatisch gegliederten Fronten und den skandierenden eckigen Loten, zwei davon erkannte sie wieder. Eine größere Villa mit dem Datum 1913, neben den benachbarten Neubauten modern, war jetzt gelb gestrichen. Die Stadt hat Gelbsucht, dachte Jana und erinnerte sich an die Türme.

Im nächsten Augenblick sah sie sie; der Fahrer riß den Wagen in eine Kurve und fuhr auf den Kai hinaus, an einem steilen Hang entlang, auf dem die Türme aus einem ungewöhnlichen Winkel aufragten, riesig, fast vornüberfallend. Ihre Nähe ließ sie erlahmen.

»So, hier ist Schluß«, sagte der Fahrer. Jana sah hundert Meter weiter vorn eine Sperre, massiv, als wäre sie Teil eines Bunkers. »Wie lange ist es schon hier?« »Zwei Tage, etwas ist passiert, man sucht hier noch«, der Fahrer sah sie abwartend an.

Janas Beine wurden schwer, am liebsten würde sie im Wagen bleiben und in die Stadt zurückkehren. Der Fahrer rechnete mit dem Eindruck, den die versperrte, ausgeleerte Straße unter den Türmen hervorrufen würde. Mit umständlicher Sorgfalt, als hätschelte er seine Beleidigung, säuberte er den Rest der Zigarre ab, zündete ihn an und paffte süchtig aus, den versäumten Genuß nachholend. Der Motor lief und betonte, daß er es eilig hatte – der Rückweg würde jetzt zu seinen Bedingungen verlaufen. Zur Eisenbahnbrücke war es noch eine Strecke, wäre er bis zur Barriere gefahren, hätte er Jana fast die Hälfte erspart, so aber gehörte es zur Rache. Jana reichte ihm das Geld und stieg aus. Der Fahrer versuchte nicht einmal herauszugeben, in dieser leeren Gegend war es nicht nötig. Sie hatte ihm die Gelegenheit verdorben, eine weitere Fahrt abzulehnen und sich bitten zu lassen.

Jana ging zwischen den angerosteten Schienen mit dem unsicheren Gefühl eines Passanten mitten auf der Fahrbahn. Unter dem bedrückenden Anblick der Sperre, der sie sich näherte, spürte sie im Rücken wie das Taxi gegen sie anfuhr, um in einem übertriebenen Bogen zu wenden, sie hörte das Anschwellen des Motors. Der Fahrer konnte ihre Unvorsichtigkeit zum Vorwand nehmen; er begnügte sich damit, knapp hinter ihren Fersen zu bremsen, so daß der Wagen kreischend stehenblieb, er schrie etwas und fuhr ab. Jana in der Suche nach einem Halt hob die Augen und stieß sich wieder mit dem Blick an den Türmen. Die Aggressivität stammte von ihnen, wie sie hier standen, eine primitive Drohung, die Aufforderungscharakter hatte. Jetzt war sie hier allein in ihrem Schatten, vielleicht beobach-

tet und registriert, sie näherte sich der Sperre mit
dem Gefühl eines Erfaßten. Dort unten war es gewesen. Wenn an der Sperre eine Wache erscheint:
»Stehenbleiben!«, wird sie nirgendwohin fliehen,
sie kann kaum gehen. Vielleicht zielen sie auf sie,
und sobald sie einen bestimmten Punkt überschrei-
tet, fangen sie an zu schießen. Was für eine Stille
hier ist. Die Sonne brennt und vom Pflaster steigt
die Hitze zurück. Eine Fahrbahn ohne Fahrzeuge
zieht durch ihre ungewöhnliche Leere an wie eine
Falle.

Vor der Sperre bog sie zu den Treppen, die zum
Fluß führten. Sie stieg langsam ab, jederzeit vorbereitet, daß man sie anhält, aber niemand rief ihr
nach. Die Kaimauer verdeckte die Türme und die
Spannung, die sich von ihnen zog, wich dem Gefühl
des Absteigens. Durch das Nachvollziehen von Bewegungen, die sie Dienstag durchgegangen war, es
waren sogar dieselben Stufen, die sie jetzt hinabstieg, kehrte die ganze Situation zurück. Jana hielt
sich mit beiden Händen am Geländer, mit jedem
Schritt fast stürzend, sie fühlte, wie ihr Griff nach-
gab, sie nach vorn überfiel, zum Fuß der Treppe
stürzte, wieder erhob sie sich und sammelte Kräfte
für die nächste Stufe. Sie gelangte zum Fluß; auch
hier war alles wie vorher, zum letztenmal, es wiederholte sich das trübe Wasser und das wie feucht
glänzende Granitpflaster, das nach Fisch roch. Damit diese Qual eine Erklärung hatte, mußte auch
der Schluß derselbe sein und Mara erscheinen. Ohne sie half es auch nichts, daß hier während der
Mittagspause niemand Wache stand.

Jana gab noch nicht zu, daß das Boot nicht da
war, vorläufig hatte sie verstanden, daß sie es nur
nicht sah, um sich zur Ruhe zu zwingen. Es konnte
hinter dem Pfeiler verdeckt sein, an einer neuen,
günstigeren Stelle, sie konnte es auch übersehen ha-

ben, weil die Sonne blendete, da hob sich in ihr eine Verzweiflung, die nicht zu unterdrücken war. Sie hatte die Sicherheit erzwungen, daß es Donnerstag war, aber wozu war die Mühe? Mara war weg, für Mara wie für die anderen, für die Alte, für den Fahrer, der es ihr genauso wie den versperrten Weg verschwiegen hatte, auch für die ausgebliebenen Polizisten war Freitag, und sie war allein.

Unter dem Tor des Bootsstapels zwängte sich eine halberwachsene Katze hindurch, ausgemagert, aber mit einem Bauch, den sie fast auf dem Boden schleifte. Sie miaute gegen Jana und strich an der Mauer mit hochgehobenem Schwanz. Jana sah sie starr an, dann bückte sie sich unbeholfen, als würde ihr selbst der Bauch schon im Wege sein, und streckte den Arm zu ihr mit dem Gefühl einer unwilligen, ekligen Verwandtschaft. Die Katze beschnüffelte sie, und als sie nichts zum Essen fand, drückte sie sich an sie und legte sich auf den Rücken, damit Jana wenigstens mit ihr spielte. Sie erwartete Junge sicher zum erstenmal und war völlig sorglos, Jana streichelte sie aber mit einem Pflichtgefühl und mit Scheu.

»Sie braucht Milch«, sagte eine Stimme, und als sie sich umdrehte, sah sie gegen die Sonne Mara hinter sich stehen, sie ahnte sie eher, nach dem bestrahlten Honighaar und nach der Selbstverständlichkeit, mit der sie erschienen war. Jana stand mit heftiger Freude auf und drückte Maras Arm. »Komm«, sagte Mara, und alle drei machten sich auf den Weg.

4

Zitternder Dunst; die Mittagsglut verschweißt die unsichtbaren Staubpartikel mit den Gerüchen der Navigation: mit dem angefaulten Wasser, mit dem Öl an den Planken der Boote, mit dem Geruch der hitzezersplißten morschen Stege, mit dem Metall der frischen Oxydhaut aufgestapelter Röhren, den Geruchsausläufern des entfernten Verkehrs, mit dem herben, ausgedörrtem Hauch von dürrem Gras und Kräutern in den Rissen des Gemäuers.

Das Licht dringt unter die Augenlider, glitzert auf der Wasseroberfläche und springt von dem gebrochen glänzenden Pflaster zurück, in dem Feldspat, Quarz und Glimmerkristalle verwittern. Lichtpartikel fädeln auf stechende Strahlen die Körner der Haut und die Poren in Maras Gesicht und machen es zu einer pointillistischen Fläche. Die blaßroten Punkte werden zum Mund verdichtet mit festbegrenzten Mundwinkeln, in denen die Schönheit des Gesichts schwer wiegt.

Die Hand streift über das Auge zur Schläfe hin, die letzten zwei Finger spannen die Wange wie einen Bogen, ein Lächeln springt daraus zu Jana:

»Du siehst gut aus.«

Die angesammelte Spannung des Morgens mit seinen Gradationen, seinen Anstößen von Ungewißheit, Enttäuschung, Hoffnungslosigkeit, Glück entlädt sich. Jana möchte sie zurückholen, für eine Weile die wonnige Lähmung spüren, von der verborgenen Aufregung erfaßt sein, Mara sieht sie aber schon direkt an, und die gegenseitige Erwartung verdrängt jede verlegene Geste der Beiläufigkeit.

Sie entfernen sich in Richtung Stadt, von den Türmen, von der Sperre, in dem wieder beginnenden Lärm des Kais ist es schon leichter zu sprechen, auch wenn die Worte verhallt kommen. Die Navigation verläuft wellenförmig zur Straßenhöhe, nimmt einen sporadischen Fußgänger auf und trägt ihn sacht zum Fluß hinab, wo er sich eine Weile auf der Ebene in den ausgetrockneten Anschwemmungen bewegt, ehe er über einen nächsten Kamm nach oben gelangt. Das Pflaster ist abgetretener, glatter, die Einsamkeit hier bedeutet nicht unbedingt Isolation, wenn auch die Menge über ihren Köpfen nicht zur Annäherung auffordert.

Das Boot liegt hinter der dritten Brücke in einem Arm, vom Hauptstrom abgeteilt durch eine mit Bäumen und Sträuchern dicht bepflanzte Insel, die sich bis zur Mitte des Flusses hinzieht, wo sie von der Brücke her betretbar ist. Der Verkehr ist über die Brücke ins Zentrum abgeleitet worden, in der Bucht ist eine weiche Stille, sie hat nicht die beängstigende Gespanntheit, die unnatürliche Starrheit der evakuierten Gegend vorher.

»Wir mußten hierher wechseln, die Sperre gilt auch für Boote«, sagt Mara. »Es ist viel besser, warum habt ihr hier nicht gleich angelegt?« »Im Zentrum darf man normalerweise nicht ankern, jetzt ist es vorübergehend erlaubt wegen der Verriegelung. Man bewegt sich von einem Verbot zum anderen, und der Raum dazwischen wird immer enger.«

»Für mich ist die Stadt noch immer wichtig«, Jana sagt es mit angebrochener Stimme, sie kann sie nicht ganz beherrschen, auf den Lippen spürt sie einen bitteren Geschmack.

»Ich weiß. Komm, wir geben der Katze etwas zum Essen.«

Jana hat von dem Raum nur ein großes Bett in Erinnerung, das wirkt jetzt aber fast klein und ist nur an seinem Standort in der Ecke wiederzuerkennen. Ein Tisch dominiert, bedeckt mit Papierbögen,

Stiften und Farben und aufgestapelten Zeichnungen, die sich Jana ansieht, während Mara Milch erwärmt.

Jana ist noch bedrückt, weil das Thema der Abfahrt wieder kommen wird und sie sich schwach und völlig unvorbereitet fühlt. Wenn sie wenigstens wieder normal gehen könnte; Maras Entschiedenheit kam zu schnell. Sie denkt gereizt, daß Mara hart ist, und dann überwiegt wieder der Eindruck ihrer Weichheit, wie sie Milch in die Schüssel gießt und mit dem Topf der Katze vor der Nase ausweicht, damit sie sich nicht verbrennt, mit bloßen Schultern, mit einer frauenhaften Rundung der Arme. Es ist in ihr so viel Ruhe, daß Jana süchtig ihre Berührung auf dem weichen Fell nachspürt; die Katze krümmt den Rücken und preßt ihn an Maras Hand, um die ganze Fläche zu nutzen, und leckt dabei laut die Milch.

Jana wendet sich ab und blättert in den Zeichnungen, zuerst zerstreut, bis sie erkennt, daß sie Maras Arbeiten vor sich hat; es sind feste, sparsame Züge, überwiegend Linien, wenig Schattierungen. Bevor sie die skizzierten Gegenstände erfaßt, hält sie ihr eigenes Portrait in der Hand. Es hat eine innere Ähnlichkeit, die sie eher nachempfinden als mit den Augen bestimmen kann; wenn sie es genau durchsucht, erkennt sie keinen einzelnen Zug, aber im Ganzen, im Ausdruck um den Mund und in der Blickrichtung ist es unverwechselbar, und Janas Herz ruckt, weil etwas von dem Schrekken dauerhaft geblieben ist und sie doch nicht mehr betrifft.

Was unmittelbar zu ihr gehört, sie am eigensten ausdrückt, ist auf dem Bild ein Zentrum der Hoffnung.

Aus dem Bild bekommt Jana Selbstachtung, es ist ein fremdes Gefühl, seit Dienstag hat sie keinen

Stolz empfunden. Das Gesicht auf dem Bild ist ungewöhnlich schön.

»Bin ich wirklich so?«

»Es ist nur ein Abbild.«

Mara schiebt die Zeichnungen zur Seite, die Papierbögen, die den Rand überragen, der Tisch ist kleiner
geworden, die Proportionen des Raumes haben sich
verändert, und Jana versucht sich zu orientieren:
»Was ist eigentlich größer, das Bett oder der
Tisch?«

»Je nachdem.« Mara weiß es auch nicht.

Der Ernst zwischen ihnen ist gelockert, die glück-
liche Erkenntnis, daß Maras Beziehung zu ihr im
gleichen Maß bewunderungsvoll und heftig ist, gibt
Jana die Freiheit, die sie an Mara spürt.

»Hier ist dein Pullover«, sagt Mara.

»Und ich habe deinen zu Hause vergessen.«

»Behalte ihn.«

»Und du meinen.«

»Der ist jetzt gewaschen und ganz unpersönlich.
Du müßtest ihn erst eintragen.«

»Dann ziehe ich ihn gleich an.« Janas Kopf verschwindet in den nachgiebigen, kratzigen Stoff, der
fremd nach Waschmittel riecht, und taucht dann
gleichzeitig mit den gespreizten Fingern auf, mit
verwirrtem Haar und einem schiefen Lächeln im
Gesicht, mit rot anlaufender Stelle auf der Stirn, wo
von der Wunde ein Stück Schorf abgeschunden ist.

Mara erstarrt; so hatte sie Jana zuletzt gesehen,
mit aufgerissenen Augen in riesenhaften Höhlen,
ein verspanntes, blutloses Gesicht und Hände, starr
vom Körper gehalten. Einem der Polizisten, die sich
später am Dienstag aufs Boot durchgezwängt hatten
und nach Verdächtigem fragten, tropfte Wasser
vom Pullover in den Nacken. Er ahnte nicht, daß
über ihm auf der Schnur die ganze Erklärung hing,

sah nur streng darauf und sagte, sie müßten das Gebiet räumen. Es wird gut sein, wenn Jana aus der Stadt heraus ist, aber ohne Drängen, das sie beunruhigen würde.

»Weiß und braun, so muß ich dich malen.«

»Und kannst du mir dann die Zeichnung geben?«

»Nimm sie gleich, sie ist für dich.«

Jana erlebt, wie sich in ihr, während sie den Pullover anhat, Angst bewegt, die sie bisher als unbestimmten, andauernden Druck wahrnahm, den sie am Ende eines langen, gewundenen Armes in seiner Statik gehalten hatte; denn es ist für die anderen schwer zu erklären, sie weiß, wie heftig sie zugeschlagen hat, und es ist ihr noch fremd, sich klar zu machen, daß sie nicht verfolgt ist und entdeckt wird. Wie nur eine still gehaltene Hand zu heißes Wasser ertragen kann, bei jeder Bewegung würde sie brennender Schmerz durchfahren; jetzt ist die Angst durch eine unvorsichtige Geste, eine zufällige Mahnung belebt worden und kreist in ihr, wirbelt, verklemmt die Innenwege, daß Jana um Atem ringt und nicht mehr den Mut hat, weiter zu bestehen.

Es war ein Wahnsinn, daß sie zu den Türmen zurückgekehrt war, zu dem Tor »Achtung! Bewachtes Objekt. Eintritt verboten!«, an dem jeder Kratzer, jeder Spritzer zu sehen ist, daß sie jetzt auf dem Wasser sitzt, wo unter dem schaukelnden Boden der Schlamm mit dem Polizisten zu tun hat.

Der Fluß ist trüb. Im Grunde ist der ganze Fluß depraviert. Es war ein Wahnsinn, den Pullover überzuziehen, den Schmerz, die Angst zu versuchen, aber auch der erste Zug ihrer tastenden Besonnenheit, die disponieren kann, sobald die Gefahr übersichtlich wird. Die Vorstellung von im

Flußschlamm dahinseuchenden Polizisten, die als Witz in Jana auftaucht, zieht eine Grenze zwischen ihr und dem Toten.

Jana sieht auf die Wasseroberfläche durch das runde Fenster; es ist ein ruhiger Arm, umsäumt mit Bäumen. Der Hauptstrom fließt hinter der Insel, hier in der Stadt ist er acht Meter tief und in zwei Tagen erreicht er die Grenze.

Sie nimmt wieder die Zeichnung in die Hand und sieht auf das Gesicht, sie sucht die Verbindlichkeit des Blickes. »Die Furcht ist das Unglück, deshalb aber ist nicht Mut das Glück, sondern Furchtlosigkeit, – nicht Mut, der vielleicht mehr will als die Kraft, sondern Furchtlosigkeit, ruhende, offen blickende, alles ertragende.« Sie begreift jetzt den Satz.

Die einzelne Möwe, die hinter dem Fenster so tief segelt, daß man von unten die rosa Flügelbeugen bewachsen mit weichem Flaum sieht, und dann über der Bucht entfernt vom schreienden Trupp kreist, nicht auf Futtersuche, sondern ruhig, vielleicht vom Anblick der grünen, unbewegten Kronen, die sich langsam zu färben beginnen, angezogen, schafft eine Pause.

Die Gefahr, die sich wieder erhoben hatte, ist durch den Blick aus dem Bullauge klein und ferngerückt, ein schwacher Schauer in Janas Vorstellung betont die Verborgenheit und Sicherheit von Maras Behausung. Jana sieht an den Wänden Gebrauchsgegenstände, Geräte, Streichholzschachteln, abnehmbar und benutzbar zwischen Plakaten, Zeichnungen und Fotografien verstaut. Es wirkt wie eine große Kollage mit vielen Papieren, die plastischen Dinge alle in Reichweite und so komponiert, daß die Wand in ihrer vertieften Gliederung in den Raum greift. Mara nimmt eine blaue emaillierte Kanne vom Nagel und ein Teesieb und entblößt Holz und eine dahinter angezweckte Zeichnung, mit den Hantierungen verändert sie das Bild. Jana untersucht jetzt alle Gegenstände, manchmal sind nur Astlöcher in der Wand.

»Ich habe Teewasser angesetzt, jetzt machen wir uns etwas zum Essen.« Mara packt die vom Einkauf herumliegenden Lebensmittel fort, wirft Schinken in die Pfanne, und Jana sieht mit Unbehagen, daß sie essen muß.

»Du mußt doch Hunger haben.«

»Ich weiß nicht. Aber Tee möchte ich gern.«

Sie gießt auf, sie sieht das schwarze Eisen eines Absprengsels vom Henkel der Kanne im Umriß von Madagaskar.

Es ist ein wohlriechender, starker Tee, goldrot, heiß, vom ersten Schluck schlängelt sich die Flüssigkeit in den verkrampften Magen, durchwärmt sie und lockert das Gefühl von solchem Hunger, daß Jana sich gierig nach einer großen Portion umsieht.

»Rauchst du?«

»Ja.«

Die zerstreuenden und vorbereitenden Bewegungen sind abgelaufen, jetzt müssen sie sich auf ihre Beziehung konzentrieren. Sie hatten sich schon füreinander entschieden, so daß keine Äußerung in Fremdheit umschlagen kann, vielmehr hat jedes Erzählen noch eine zusätzliche Bedeutung; durch die Auswahl wird es zur Bestätigung und zur Vorahnung ihres Zusammentreffens.

»Wie ist die Kolonie?« fragt Jana.

»Es sind ein paar Dorfhäuser, die wir verlassen und verfallen fanden, als ich mit meiner Freundin während des Studiums noch ins freie Land malen fuhr«, sagt Mara. »Damals wurde die große Talsperre gebaut und die Dörfer im Tal wurden ausgesiedelt. Diese Häuser wurden vom Wasser nicht mehr erreicht, aber alles Brauchbare war herausgerissen, die Türen und Fensterrahmen, die Schwellen und Bretter aus den Fußböden, kein einziges Fenster war heil. Vom eigentlichen Dorf weiter unten konnte man anfangs noch die Spitze des Kirchturms im Wasser sehen, jetzt nicht mehr, er ist zusammengebrochen. Bei uns wird der Fluß schon wieder schmal, bei klarem Wasser kann man den Grund sehen und es sind dort wieder Forellen. Im ersten Sommer blieben wir zehn Tage, länger ging es nicht, weil die Nächte schon sehr kalt waren, wir froren und hatten Angst vor Wilderern, aber tagsüber war es schön, die Landschaft müßtest du sehen. Es ist hügelig und in den Wäldern gibt es Ausblicke auf Felder, Streifen von Boden, die sich in allen möglichen Farben zum Horizont ziehen, und daneben wieder Wald und kahle Kuppen, und auf unserer Seite kannst du durch die Kiefern den Fluß sehen. Wir malten viel, und ich fange jedes Jahr neu damit an. In den zehn Tagen haben wir provisorisch ein Dach repariert, aber ohne Werkzeug ging es schwer. In unserem Atelier haben wir dann die anderen angesteckt, eher durch die Bilder, und im nächsten Jahr fuhren noch ein Mädchen und zwei Jungen mit, in den Sommerferien kamen noch mehr dazu und wir legten zusammen, um das Pachtrecht zu bekommen, jetzt haben wir es auf 99 Jahre.

In den ersten Jahren hat es uns jedesmal die ganzen Ferien gekostet, die Häuser bewohnbar zu machen, zwei haben wir als Ziegelbruch verwendet, jetzt sind vier adaptiert und es kommen noch Balkenhütten dazu. Wir besorgten uns dieses Boot für das Material, über die Landstraße konnte man es nicht befördern, wir mußten es dabei noch ein paar Kilometer durch den Wald schleppen. Es gehört einem Bekannten, er ist Bildhauer und bewohnt jetzt meine Wohnung, da er bei sich wegen der Plastiken keinen Platz hat, ich bin sowieso die meiste Zeit unten.«

Die Beschränkung auf 99 Jahre beunruhigt Jana, als sollte die Kolonie morgen enden, als würde die begrenzte Dauer ihre Grundlagen schon jetzt gefährden und es wäre ohne Sinn, sie weiter aufzubauen. Die sperrende Zahl stört sie, es ist ein administrativer Erlaß, der garantiert und zugleich wegnimmt; alles Zuteilen ist Raub.

Zu 99 Jahren verurteilte man diejenigen, für deren Vergehen das Höchstmaß lebenslänglich nicht ausreichen sollte. Der Hohn darin lag in der Selbstverständlichkeit, mit der noch einer utopischen Lebenserwartung die Hoffnung genommen wurde; das Urteil war für den Leichnam bestimmt wie das Rädern nach dem Hängen.

Ob sie in dieser Stadt zu lebenslänglich oder zu neunundneunzig Jahren verurteilt würde, weil sie einen Polizisten im Dienst getötet hatte? Auch wenn man es auf die Hälfte verkürzte, hätte sie keine Chance zu überleben. Merkwürdig – eine Strafe auf neunundvierzigeinhalb Jahre festzulegen. Wie alt wird sie dann sein? Zweiundsiebzig, und zahnlose Insassen werden frotzeln, daß sie ihr einziges Abenteuer verschmäht hat, heute wird sich keiner auf dich stürzen, werden sie mit schwammigen Lippen prusten.

»Ich denke, er wird dir gefallen«, hört sie Mara sagen.

»Wer?«

»Palzer.«

»Der Bildhauer?«

»Ja, woran hast du gedacht?«

»Wieviel ich bekommen würde, wenn man mich fängt. Als Schwangere hätte ich vielleicht Erleichterungen«, Jana verzieht den Mund.

Mara sieht sie heftig an: »Das muß geklärt werden bevor ich abfahre. Nächste Woche kümmern wir uns darum, wenn du wieder gehen kannst. Ich bleibe auch länger, das ist jetzt nicht wichtig, es darf da keine Unsicherheit geben. Jetzt spricht ein Test noch nicht an, aber in ein paar Tagen kannst du ihn machen, ich werde ihn besorgen. Daß sie dich entdecken, mußt du nicht befürchten, bei dieser Strömung wird die Leiche nicht so schnell gefunden, und wenn man auch feststellt, was mit dem Polizisten geschehen ist, wird man nicht nach einem Mädchen suchen.«

»Wie kannst du es wissen?«

»Mädchen traut man so etwas nicht zu.«

»Aber die Sperre ist dort schon seit zwei Tagen, dann haben sie eine Spur.«

»Du hast doch selbst gesehen, niemand wacht dort. Dienstag und Mittwoch waren sie noch da, aber seit heute morgen ist es leer. Sie lassen es als Drohung vielleicht übers Wochenende stehen, aber spätestens Montag wird es wieder frei sein, so lange kann der Verkehr nicht blockiert werden, in der Umgebung ist doch Industrie. Es ist wie mit den Türmen, eine aufwendige Einrichtung zur Abschreckung. Peter arbeitete an dem Bau während des Studiums, alle Architekturstudenten mußten dort ihr Pflichtpraktikum ableisten. Die Hälfte ist im Inneren unfertig und die restlichen sind mit Archiven belegt, auf einem Dach ist eine meteorologische Station. Aber mehr Anstrengung ist nicht nötig. Psychologisch arbeitet es vollkommen, schon der Anblick lähmt, niemand wagt sich in die Nähe. Die Verwaltung ist längst wieder in ihrem bequemen alten Sitz, und der Elan ist abgefallen, er war unnötig mühsam.

Ein paar Angestellte sind geblieben, sie kommen, um die Lichter an- und abzuschalten, damit keinem einfällt, daß dort etwa nicht gearbeitet wird. Ich habe es lange beobachtet, es war die stillste Stelle zum Anlegen, niemand kam, der sich überzeugen wollte, wie es mit den Türmen steht.«

»Aber man hat dort doch den Zugang versperrt.«

»Jetzt werden sie nicht einmal die paar Angestellten brauchen, sie sparen ihre Gehälter und die Wirkung wird noch größer. Aber es ist keineswegs harmlos, es ist gefährlich, schlimmer als direkte Gewalt. Ohne jeden Aufwand halten sie die Leute in Schach, die ganze Bevölkerung lähmt sich in Angst.«

»Kann man damit nicht etwas machen?«

»Wenn jemand öffentlich die Türme zur Attrappe erklärte, wäre nichts leichter, als sie wieder zur besetzen und gegen die Leute zu nutzen. Übrigens haben sie nicht nur die Türme aufgebaut, das war eher eine Formalität, sondern vor allem die Polizei. Binnen fünf Jahren ist hier die Polizei verdreifacht worden. Wieso fanden sich eigentlich so viele Freiwillige?«

»Kann man nichts machen? Ich weiß, das habe ich schon gefragt«, Jana sucht gepreßt eine Antwort.

Mara sieht sie aufmerksam an: »Gleich nach den ersten Türmen, als bekannt wurde, wozu sie dienen sollten, demonstrierten die beteiligten Studenten gegen den Mißbrauch und den Betrug, weil ihnen gesagt worden war, daß es neue Forschungsinstitute würden. Das Ergebnis war, daß sie einzeln nacheinander vom Studium ausgeschlossen wurden, und jetzt fängt man mit Verhaftungen an. Sie ließen sich Zeit, der Schein der Freiheit sollte noch einige Zeit gelten und die Leute unbekümmert stimmen. Es sollte mit den Türmen nicht gleich alles enden. Dann fanden sich schon immer mehr Zuläufer, die die Arbeit des Regimes machen. Peter darf nicht mehr studieren, er arbeitet gelegentlich als Hilfsarbeiter an Bauten.«

»Ist er jetzt in der Arbeit?«

»Ja, er hat es weit, er muß fünfzehn Kilometer ans andere Ende fahren.«

»Ich wollte ihm danken wegen der Straßenbahn, aber er war nicht mehr da.«

»Nein, sein Bus fuhr schon, aber er hat dich noch gestreichelt, ehe er ging.«

»Was? Aber da mußte ich schlafen.«

Mara lacht. »Selbstverständlich, sonst würde er es sich nicht erlauben.«

»Wieso habe ich es früher so wenig gemerkt?«

Die Aufregung, die Jana von der allgemeinen Bedrohung ansteckt und in Widerstand versetzt, hat ihre eigene Angst verzehrt. Und dabei sieht sie durch das Fenster auf den Teil der Altstadt, der gleich unbewegt schön ist; die mittelalterlichen Kirchenspitzen und Häuserdächer, von der Sonne überschwemmt, zusammengeklebt über einem Durcheinander von schmalen Gassen, wo die Gaslampen an den durchgewölbten Lehmwänden sich zu den gegenüberliegenden Mauern neigen und abends sie durch fahles Licht verbinden.

»Es ist noch nicht so schrecklich«, sagt Mara, »aber es wird schlimmer. Die, die ständig darin leben, merken es nicht. Jedesmal wenn ich komme, sehe ich, wie es fortgeschritten ist.«

Jana schaut beängstigt zurück zur Altstadt. Von hier kann sie die Mauern nicht deutlich unterscheiden, sie wirken unverändert, aber wann hat sie sie zum letztenmal ganz aus der Nähe gesehen? Sie möchte sie gleich prüfen, die bröckelnden Stellen zusammenhalten, aber Handauflegen ist zu wenig.

»Ich kann noch nicht abfahren«, sagt sie gequält, »es ist für mich jetzt nicht möglich, aber vielleicht wenn du fort bist, werde ich hier alles viel schwerer empfinden. Und wenn ich dann abfahre, wird es definitiv sein.«

Mara sieht ihre fiebrige, wunde Stirn, ihre Schläfen und Augen, den rissigen Mund. Jana ist konsequent. Die ganze Polizei ist auf den Beinen, und sie kommt zerschlagen, krank zurück, um sie zu treffen; denn das erste Treffen mußte sie bestimmen.

»Ich liebe dich.«

»Ich dich auch, warum?« sagt Jana abwesend.

»Nur so«, lächelt Mara, »und zwinge dich zu nichts«, sagt sie betont, damit Jana sie ganz versteht. »Du hast Zeit, komm, wann du willst. Es ist deine Entscheidung, du sollst nur wissen, daß du etwas hast, wohin du gehen kannst. Ich glaube, der Wein wird schon kühl sein«, sie steht auf.

Jana ruckt aus den kleinmütigen Gedanken durch den Stich, daß sie Maras größte Nähe versäumt hat. Auf die wichtige Mitteilung legen sich schon nächste Worte, vernünftig und sachlich, der flüchtige Augenblick der Intimität wirkt nicht mehr.

In einer wachsamen Unbeweglichkeit, ohne einen Blick auf Mara tastet sich Jana zu der Stelle, wo sie die Spur der Erklärung wieder finden könnte. Sie muß ihr noch sagen, was für sie diese Stadt bedeutet.

»Wenn du einverstanden bist, werde ich noch ein paar Skizzen machen, solange es Licht gibt«, sagt Mara.

»Ich möchte es auch versuchen.«

»Gut, dann tragen wir den großen Tisch hinaus, es ist nicht mehr heiß draußen, und man sieht besser. Ich hole noch einen Satz Stifte.«

»Und vergiß den Wein nicht«, Jana wartet schon ungeduldig auf die Feier.

5

Sonntag abend konnte sie noch auf die Straße gehen.

Die Rekonvaleszenz war beendet, Montag sollte eine neue Woche beginnen, es hatte sich viel angehäuft, was sie besorgen mußte. Zuerst mußte sie sich Sicherheit verschaffen.

Sie erwachte mit Krämpfen, schweißbedeckt und fröstelnd in einer Blutlache und konnte noch gerade in die Apotheke hinuntereilen, ehe der übliche Ablauf begann. Danach war es nur noch möglich, ins Bett zu kriechen und vorher den Eimer nicht zu vergessen.

Das Aufraffen, der neue Anfang war mißlungen, wie alle Pläne, die sie je mit Montag verknüpft hatte, mit der ohnmächtigen Beschwörung einer grundsätzlichen Änderung, die immer wieder versagte.

Das Mißlingen konnte sie freuen, die Freude über die Unveränderbarkeit der Montage war dann Freude über ihre eigene Unabänderlichkeit, daß sie mit ihren disziplinierenden Anschlägen gegen sich nichts erreichte. Diesmal brachte das Liegenbleiben sogar die Sicherheit.

Die Menstruation kam etwas schwerer als sonst. Janas alte Beschwörung, heftig ausgestoßen mit Wut, bittend, weinerlich, in leerem, hohlem Schall ist in ein mechanisches, abstumpfendes Murmeln gefallen, die Monotonie deckt die grellen Schmerzen zu, die Unsinnigkeit ihrer Laute läßt alles geschehen; nur einmal befällt sie die Angst, daß sie sich nicht mehr anders mitteilen kann. Sie will deutlich einen Satz aussprechen, sie nimmt es sich vor: »Ich will es nicht.« Beim Öffnen füllt sich der Mund mit Flüssigkeit und zuckt zusammen vor

Säure, eine neue Krampfwoge drängt sie mit dem Gesicht in den Eimer zum Erbrochenen.

Erschöpft lehnt sie sich ans Bettende, die große Erleichterung der Sicherheit empfindet sie nicht. Sie spürt, mit welcher Anstrengung das Herz arbeitet, das ist die Schwäche, die bleibt, wenn alles schon vorüber ist. Sie kann schlecht atmen. Das Haar, der Mund, die Ohren schmerzen, die gepreßten Augen fassen keine Konturen, sie schleifen seelenblind über die Flächen.

In der Tür nimmt sie eine männliche Gestalt wahr, sie steht dort unbewegt und schaut zu ihr. Für einen Moment stockt in ihr der Atem, sie müßte sich wehren, aber sie kann nicht. Sie ist müde, sie will keine Hetze mehr. Inmitten dieser Krämpfe, des aushöhlenden Schmerzes empfindet sie keine neue Angst. Man hat sie schon entdeckt, die Sperre war nicht umsonst. Sie wird nicht lügen.

Die Krämpfe sammeln sich zu einem zweiten Gipfel, und der Mann geht jetzt zu ihr, er nähert sich zaghaft, zivil, es ist kein Polizist. Jana erkennt Peter. Sie streckt gegen ihn die Hand, er soll stehenbleiben, dann bricht sie über den Bettrand. Von dem Schmerzanprall ist sie halb bewußtlos, sie hangt mit tränenden Augen über dem Eimer und würgt mit dem ganzen Körper. Sie wird geschüttelt in heftigen Stößen, die sie anheben und wieder fallen lassen, aber sie kann nichts mehr auswürgen, der Magen ist leer. Die Krämpfe reißen sie, halten sie atemlos, der Druck in den Ohren und in den Augen spannt sie von innen, und es nimmt kein Ende. Sie wird gezerrt im leeren Würgen, der Krampf wühlt in ihr und dreht die Eingeweide, als sollten die vom Schmerz durchgebrannten Organe ausgespien werden. In einer spasmatischen Wut erscheint bei den letzten

Zuckungen bittere gelbe Flüssigkeit; schäumende Galle und blutiger Speichel beenden den Ablauf.

Um allein in den Zustand vor dem letzten Anfall zu kommen, um atemlos, herzschwach sich ans Bettende anlehnen zu können, braucht sie mehr Zeit, als das Würgen dauerte, aber ihr scheint es unendlich. Sie liegt und erträgt die nächsten Krämpfe, sie sind noch stark, es tritt aber kein Würgen mehr auf, Magen und Umgebung sind schon ausgepumpt.

Sie reißt die Decke vom Hals fort, um atmen zu können. Der Druck im Kopf läßt langsam nach, sie sieht immer noch nicht, aber die Dunkelheit vor ihren Augen ist jetzt belebter, sie bewegt sich in schattierten grauen Streifen, auf denen einzeln verdichtete Stellen, farbige Punkte zum Horizont gleiten, über den Bulbus nach innen. Jana verfolgt einen strahlend grünen Punkt, sie hält ihn fest, bis ein Lidzucken ihn in winzige rote Funken zersprengt.

Das verborgene Leben hinter den Lidern; wenn die Mutter die Augen schloß, zog Jana sie auseinander, um zu sehen, ob die Mutter noch dahinter war.

Peter sucht ihren Blick, eine Wahrnehmung, ein Zeichen, daß sie ihn sieht, aber sie bemerkt ihn nicht. Er ist mit erschöpft von ihrem Kampf, niedergetrampelt von dem Schmerz, dem er untätig zugesehen hat. In der Heftigkeit von Janas Qual spürt er etwas Eigenwilliges, was sie unnahbar macht und die Unterschiede zwischen ihnen hervorheben soll, als wäre da jede Verbindung, schon ein zufälliges Zusammensein eine Mesalliance und er der Ungewünschte, weil er nicht so viel und so oft leiden kann.

Das Gefühl des Verdrängtseins, wo er nichts wollte, weckt in ihm das Bedürfnis nach Beteiligung, nach einer Mühe, in der er sich bewähren könnte.

Er sieht die Modellierung ihres Brustbeins, eine leicht gewellte Linie mit einem dünnen Kamm, über den sich die Haut bläulich zuckend spannt, er möchte einen Finger darauf legen und seine milde Zuspitzung fühlen, den hastigen, ruckigen Puls beruhigen. Das Bein in der Mitte vertritt die ganze Anatomie, die Verletzlichkeit eines menschlichen Körpers, notdürftig mit Haut bedeckt, zusammengehalten wie durch Zufall. Die zwei geahnten, entfernten Rundungen, die von der Mitte weisen, deuten eine kindliche Weichheit an, die die Eckigkeit etwas ausgleicht.

Dann faltet sich der Stoff zusammen, als sich Jana auf die Seite dreht, um ihn zu sehen. Der Schmerz hat sie zum Ursprünglichen zurückgeworfen, wo es keine Konvention gibt, sie ist weder Gastgeberin noch beschämt.

Der Junge ist erstarrt in Mitleidenschaft, in Ratlosigkeit, er will sich aus der Starrheit reißen, aber allein wagt er keine Bewegung. »Kann ich Ihnen irgendwie helfen?« fragt er ungeschickt, flehentlich, sie sieht, wie nötig er eine Aufgabe braucht.

»Öffnen Sie bitte das Fenster«, sagt Jana mühsam, mehr kann sie nicht tun. Während er zum Fenster stürzt, versucht sie den Atem wieder auszugleichen. Durch den Satz wird der bedrohliche Geschmack im Mund deutlich, sie schätzt ihre Kräfte ab, dann läßt sie die Füße auf den Boden. Sie steht behutsam auf, doch es wird ihr schwindlig und schwarz vor den Augen, sie hält sich am Bettende und tastet mit den Füßen nach ihren Schuhen, sie werden ihr zugeschoben.

»Soll ich Ihnen etwas holen?« Peter taucht aus der Dunkelheit wieder auf.

»Nein, ich muß mir den Mund ausspülen.« Sie nimmt den Eimer und geht schwankend am Fenster vorüber ins Bad, der Luftzug entfaltet einen breiten Blutfleck auf ihrem Nachthemd, und Peter erschrickt.

Er hat bisher ihren Schmerz für nachvollziehbar

gehalten, jetzt ist sie aber ins Mythische gerückt, wohin er nicht folgen kann; er sucht Aufgaben zum eigenen Schutz.

Zum erstenmal ist der Geschlechtsunterschied so kraß, in dieser Totalität ist er nicht mehr auszugleichen. Er ist von der schwankenden Frau erschüttert; die dünne, zuckende Haut, die er vorher berühren wollte, ist fast vergessen. Dieses Geschlecht ist überwältigend fremd. Das männliche Geschlecht hat keinen Ausdruck dagegen.

Er spürt auch etwas Feindliches. »Geht es allen Frauen so?« fragt er unglücklich.

Jana hat sich im Bad gesehen; die aufgeschwollenen Augenlider besät mit geplatzten Äderchen – ausgekotzt zur Unkenntlichkeit. Die tierischen, sinnlosen Schmerzen, die stumme Qual machen sie wütend, der widerliche, ungerechte Tribut an die verunglückte Natur, alle drei Wochen, und hier steht dieser Junge, der selbst so etwas nie erlebt hat, und bittet um Mitleid.

»Nein, allen geht es nicht so«, sagt sie hart. »In den Konzentrationslagern setzte die Menstruation bei den meisten Frauen bald aus, es war ein Glück, sie hatten keine Unterwäsche, nur kaltes Wasser zum Waschen, das ganze Jahr ein grobes Hemd, sonst nichts, und ihr Bedürfnis erledigten sie hokkend, während ein Soldat zwischen ihnen mit vorgehaltenem Gewehr auf und ab marschierte. Sie waren froh, als ihnen kein Blut mehr über die Beine lief, sie mußten es sowieso unbeachtet lassen, sie hatten nicht einmal Papier, sie waren nur noch Tiere, wie die festgehaltenen Männer auch, sie hatten es aber immer noch schlimmer. Die Männer waren unter sich, es war ihre Einrichtung, die Mißhandlung geschah am gleichen Geschlecht, die Demütigung überschritt nicht seine Grenzen, aber die Frauen waren von Männern bei der Toilette beobachtet und bewacht, von Männern mißhandelt, da half nicht, daß sie nicht mehr menstruierten, die Scham blieb. Die Frau, die es mir erzählte, war Partisanin gewesen. Sie hatte einen von Stiefeln zertretenen Bauch, ganz formlos, wie er so nach einer Geburt aussieht. Sie wunderte sich selbst, daß sie überlebt hatte. Ich kenne es jetzt auch.« Jana besinnt sich wieder.

»Nein, es gibt auch Frauen, denen es anders geht«, sagt sie matt, »entweder ist es vorbei oder sie sind schwerer gebaut, aber ich kenne genug, die wie ich tierisch jaulen mit aufgerissenen Augen in die leere Decke.«

Sie kriecht wieder ins Bett. Sie weiß, daß sie den Jungen ziemlich fertig gemacht hat, sie zittert vor Kälte und Anstrengung. Die Last ihres Zustandes und seines Zustandes ist groß, aber sie würde es ihm wieder sagen, lieber den gequälten Blick auf sich als Unverbindlichkeit. Es kann kein glatter Besuch sein, für sie sind glatte Abläufe nicht möglich, alle sind ernst.

Sie hat ein Bild wie er aufsteht und sich zu ihren Füßen stürzt, er sieht es auch und bleibt unbewegt, er sucht nicht mehr in ihrem Gesicht, vorhin wartete er noch auf ein Zucken eines Mundwinkels, das alles ein bißchen zurücknähme. Er hat die Bitterkeit schon im Ganzen aufgenommen und jetzt würde er sich von der zerdrückenden Wucht nichts mehr nehmen lassen.

Er stürzt nicht zu ihr, er hätte nur einem Impuls zu folgen und behält es kurz als Möglichkeit, dann verschwindet der Impuls auch in seiner Vorstellung, und er muß weiter suchen.

»Können Sie bitte das Fenster schließen?«

In seinem Eifer, ihr alle Wünsche zu erfüllen, kommt ein Unbehagen auf, ein Widerwille gegen das Formen, das mit jedem Wort Janas an ihm geschieht. Eine Ablehnung würde das Leid verschlimmern, er hat keine Möglichkeit, das Fenster offen zu lassen, er fühlt sich zusätzlich bestraft. Unter der Notwendigkeit, sich fügen zu müssen wächst der Druck seiner Selbstbehauptung zur Aggression, aber er kann sie nicht äußern und sie kehrt sich gegen ihn, verbunden mit der Aufforderung gerät sie zur Rüge. Sie wurde nicht ausgesprochen, er fühlt sie nur, in seinem Denken läuft sie als Kalkül von Auswegen, Möglichkeiten der Verweigerung, als eine Kette wieder durchgestrichener Versuche.

Die Spannungen lassen nach, die Aggressionen pendeln gedämpfter, bis eine einfache Handlung übrigbleibt. Die Handlung wird Werbung sein, etwas unterwürfig, weil kein Kampf stattfinden kann.

Er hatte sich gewehrt, ohne etwas von Jana zu wissen. Für sie gibt es nur eine ebenbürtige Situation, wenn nicht über jede Portion Rücksicht verhandelt werden muß: Dazu mußte er alles erfahren.

Wie er das Fenster zaghaft und mißtrauisch schließt, ist es nur ein Mißverständnis; er braucht keine Aufgaben mehr, die ihn vor ihrem Übergewicht im Schmerz schützen.

»Warum ist Mara nicht gekommen?« Janas Frage verschiebt die Zeit, die zwischen ihnen verlaufen ist, in eine lange Bekanntschaft. Ihr Leiden hält ihn nicht mehr fest, sie ist versorgt. Peter nimmt den neuen Spielraum wahr, darin kehren die äußeren Zusammenhänge zurück und sein Abkommen wird begründet, er kann bleiben.

»Mara kann wegen eines Auftrages erst später kommen, vielleicht gegen Abend, es ist aber nicht sicher«, sagt er. »Sie schickt Ihnen für alle Fälle diese Testpackung und zwei Kinokarten, wie Sie es verabredet haben.«

»Kommt sie nicht mit?«

»Sie weiß noch nicht, mit dem Auftrag wird sie jetzt viel zu tun haben, es kam unerwartet, und sie muß noch in mehrere Ausschüsse gehen.«

»Worum geht es?«

»Um eine Mosaikwand für die Halle eines Bahnhofs. Sie hat vor Zeit an dem Wettbewerb teilgenommen und wurde Zweite. Den ersten Platz bekam ein Monumentalwerk von Kaucman, das jetzt bei der Realisation zu teuer wird. Mara soll an ihrem Entwurf auch etwas vereinfachen, es wird darüber hart verhandelt. Ursprünglich wollten sie sie übergehen, den Auftrag sollte der Dritte bekommen. Er war ein Bekannter von Mara, er verwies auf ihren Vorrang, und daraufhin boten sie es dem Vierten an, sie wollten keine Frau. Mara hat sich dagegen gewehrt, und jetzt kam die Entscheidung, es hat sich über zwei Monate hingezogen, und sie hat damit nicht mehr gerechnet.«

»Es ist gut, daß sie sich durchgesetzt hat!«

»Das wußte damals jeder, daß es dort der beste Entwurf war«, wendet Peter ein, »sie konnten aber den Alten nicht übersehen, fünfundzwanzig Jahre bekommt er schon jeden Preis geschenkt. Daß er sich jetzt noch auf Manufaktur-Design stürzt, das ist seine senile Eitelkeit und Geiz. Er sieht fast nicht mehr, die Geschäfte machen für ihn Studenten nach alten Vorlagen, und nicht etwa, daß er die Preise symbolisch entgegennimmt, er läßt sich jeden Groschen auszahlen.

Ich kenne ihn gut, er war Rektor als ich noch an der Akademie war, an der Säuberungsaktion damals beteiligte er sich persönlich.«

»Und Sie arbeiten jetzt auf Baustellen«, sagt Jana und erinnert sich, daß er sie gestreichelt hat.

»Ja, aber heute ist blauer Montag«, er lächelt, und die Unausgeschlafenheit in seinem Gesicht tritt hervor; einen Monat lang im Jahr kennt Jana sie von

Gesichtern der Frühaufsteher, die sich in den ersten Straßenbahnen drängen, einer dem anderen auf der Schulter schlafen, die Arbeiterinnen, die Putzfrauen, die Verkäuferinnen wie fahle Farbsprenkel in der müden Menge.

An Peters Mund, wie er sich empfindlich, zaghaft schließt, zeigt sich die lange Arbeit am deutlichsten. Seine Augen sind grau mit grünen Splittern, die Haut ist blaß, aus der Nähe sieht man Furchen. Er ist älter als Jana, sein Ernst ist früher dagewesen, aber nach dem Stand der Zerstörung sind sie gleichaltrig.

»Die Karten sind für Mittwoch«, sagt Peter.

»Ja, ich glaube, ich werde bis dahin in Ordnung sein. Was soll ich mit der zweiten Karte machen, wenn Mara nicht kommt?«

»Palzer wollte gehen, dann würden Sie sich dort treffen. Kennen Sie ihn?«

»Ich habe ihn einmal in einer Vernissage gesehen, aber ich erinnere mich nicht sehr deutlich an ihn. Er soll ein sehr guter Bildhauer sein.«

»Ja, das stimmt. Er ist auch im Verbandsausschuß, wo man über Stipendien entscheidet und die Aufträge aushandelt. Maras Arbeit hat er wahrscheinlich bei der Kommission durchgefochten. Sonst ist er eher schweigsam.«

»Vielleicht kann Mara doch mitkommen«, sagt Jana.

»Oder Sie, wollen Sie nicht hingehen?«

»Ich kann nicht, es fängt zu früh an. Und ich habe den Film schon dreimal gesehen.«

»Bis wann arbeiten Sie?«

»Bis vier. Dann noch anderthalb Stunden Rückweg.«

»Und am nächsten Morgen wieder aufstehen«, sagt Jana abwesend.

»Ja, um vier, dann kann ich noch frühstücken.«

Die Zeit erweckt jenes klamme Dämmern in ihrer Erinnerung. Jede leise Anspielung bringt es zurück, und in dieser Landschaft, in der sich Jana zum unzähligen Male wiederfindet, versteift sie sich gegen die Dauer der Angst.

»Sie haben wieder Schmerzen!«

»Nein, ich habe Angst«, Jana starrt vor sich hin. »Ich habe immer Angst. Ich denke immer an das Tor mit den Blutflecken.«

»Nein, dort sind keine«, sagt Peter schüchtern.

»Wieso?« sie sieht auf.

»Ich bin hingegangen, als ich die Straßenbahn zurückbrachte, die Tür war offen. Ich sah mich dort um, es war niemand da. Die Spritzer auf dem Tor habe ich abgewischt, auch die Klinke. Dann noch sicherheitshalber den Boden, aber die Fliesen sind rot, darauf sieht man sowieso nichts. Es ist in Ordnung.«

»Aber ich habe die Tür zugemacht.« Jana sucht noch nach Zweifeln.

»Wahrscheinlich nicht ganz zugeschlossen. Ihre Wohnungstür war vorhin auch auf. Ich habe geklopft, aber niemand kam. Dann habe ich Sie gehört. Ich dachte, daß jemand stirbt.«

»Nein, ich habe es überlebt«, Jana lächelt, ganz erschöpft vor Erleichterung. »Wenn ich weiter durchkomme, ist es Ihr Verdienst. Jetzt kann ich es mir sogar vorstellen. Auch den Test brauche ich nicht, sagen Sie es bitte bestimmt Mara. Schade, daß Sie nicht in den Film gehen können!«

»Das können wir vielleicht ein anderes Mal nachholen.«

»Auf jeden Fall!« ruft Jana, dann fragt sie plötzlich: »Womit haben Sie es abgewischt?«

»Mit meinem Hemd. Es kam dann in die Wäsche mit Ihrem Pullover.«

»Ist das dieses?«

»Nein, es war zerfetzt, ich habe es weggeworfen. Ich wollte nur nicht, daß es so herumliegt.«

Jana sieht ihn eine Weile unverwandt an:

»So daß ich Ihnen ein Hemd schulde.«

»Ja, genau.«

6

Sie holte die gesprochenen Worte, die Bewegungen, das mehrfache Schweigen zusammen, suchte nachträglich nach einem günstigen Klang ihrer eigenen Äußerungen, erdachte Gesten und Sätze für ein nächstes Treffen, und immer noch war sie mißtrauisch, daß alles so leicht und vernünftig erschien.

Durch Peter war sie auf Palzer neugierig geworden.

Er sollte auf sie vor dem Archiv warten und sie überlegte unterwegs, wie sie ihn erkennen würde.

Der Weg führte aus der Stadt an einer alten Brauerei vorbei, von dort sollte sie die Stationen zählen, das Erkennungszeichen war ein schiefer Schornstein hinter einer losen Steinmauer, es war sehr ruhig dort. Danach öffnete sich eine Fläche von niedergetretenen Feldern, die sich mehrere hundert Meter lang zogen, am oberen Ende wurde gebaut, und der Maschinenlärm kam schwach aus der Weite.

Hinter einer Kurve erschienen wieder unzusammenhängend schäbige Mietshäuser mit Höfen, an einer Seitenmauer ein fünf Etagen hoher Herrenschuh, Vorkriegsarbeit, die Farbe in mehreren Schichten abgegangen und das Übriggebliebene ein riesiger verschossener Fleck, dessen Form erst nach dem allbekannten Namen seines Herstellers bestimmbar wurde, der sich besser erhalten hatte.

Zwei Blockhäuser weiter NUBEA – IHRE SONNENCREME!, die Sonne im Hintergrund überraschend satt, mit langen gelben Strahlen, die eine saftlose flache Badende berührten, ausgestreckt auf dem Strand, zurückgelehnt, mit einer Hand im Nacken, das verschimmelte Gesicht der Sonne bietend; noch ein Knie war in der Mauer verschwommen, sonst fehlte nichts. Die Luft in diesen Baulücken schien Jahrzehnte stillgestanden zu haben, um die alten Reklamen zu konservieren, als Andenken an die nicht mehr existente solide Ware. Noch zwei Stationen, die nächste war schon in Sicht.

Jana betrachtete die Männer auf der Straße, die Anhäufung vor der Kneipe an der Straßenecke, vielleicht würde hier Palzer Zigaretten holen, es war wohl die letzte Möglichkeit, denn hier endete die Stadt, die Feuermauern und die kommunalen Einrichtungen, dann setzten mit einem gewissen Abstand saubere Häuschen in Gärten ein, privat.

Der Fahrer ließ die Straßenbahn mit allen Türen und Fenstern offen und ging ohne Hast auf den Ausschank zu, auf die Männer, die auf der Treppe hockten und an der Wand lehnten, er lavierte zwischen ihren Biergläsern und einem Mann am Eingang legte er bedeutungsvoll die Hand auf die Schulter. Es war nicht klar, ob er ihn wegschob oder über etwas verständigte. Der Berührte lächelte abwesend in sein Glas. Er trank unbewegt wie die anderen, bis der Fahrer wieder an der Tür erschien, dann hob er die Hand, und ohne aufzusehen, drückte er sie gegen die Brust des Fahrers, der blieb kurz stehen, grinste überdeutlich und wurde freigelassen.

Mit dem Rest des Lächelns ging er zurück, mit einer Haltung, die noch den Männern galt, er trug die Worte aus dem Ausschank mit sich und die Berührung, das Urbehagen der Gemeinsamkeit in seinem Rücken.

Mit einem kräftigen Ruck zog er sich über das Trittbrett hoch, die Straßenbahn schütterte und fuhr an. Jana verlor die Männer aus dem Blick, aber der Fahrer hatte den Zugehörigkeitsdunst noch um sich, als sie zur Tür ging.

Sie stieg am entfernten Stadtrand aus und war in

holprigen Straßen mit Unkraut im Pflaster, die hinter die Stadt hinausliefen, wo sich die Felder wieder anschlossen. Die Häuser waren niedrige Vorstadtvillen, ein Stockwerk hoch, die Straßen schienen im Vergleich dazu breit. Es war kurz nach Mittag, ein klarer Tag im Spätsommer, die Gegenstände hatten scharfe Konturen, und man sah weit.

Sie sah sich in dem ruhigen Ort ratlos nach einem Filmlager um; die Straße war leer, und auch wenn jemand in einem Garten erschienen wäre, hätte er wohl kaum gewußt, worum es sich handelte. Aus der Nebenstraße kamen zwei Männer auf Fahrrädern, und sie fragte sie nach dem Archiv. Sie hatten nie von etwas Ähnlichem gehört, zeigten aber nach vorn, wo sich die Straße der Bahnstrecke entlang bog, daß es in dieser Richtung sein könnte. Hinter der Biegung wuchsen die Häuser wieder an, und etwas weiter rechts hob sich eine kahle Mauer ohne Fenster. Im Tor der Umzäunung stand Palzer mit den Händen in den Taschen, ganz farblos, und hielt die Augen zusammengekniffen. Es konnte eine Fabrik oder eine Autowerkstatt sein, auf dem Hof lagen auseinandergenommene Teile, hinter dem Gebäude war eine Lastwagenkabine im Gras verwachsen. Palzer nahm sich dort gut aus. Er trug eine leichte Jacke mit Reißverschlüssen an den Hintertaschen und eine helle Hose. Jana fiel auf, daß er einen großen runden Kopf hatte und die Stirn in Falten zog. Durch die zusammengekniffenen Augen wirkte er verschlafen, und dann blickte er auf einmal ganz wach.

»Guten Tag«, er schien sie genauso leicht erkannt zu haben wie sie ihn. Dabei konnte er sie nur von Maras Beschreibung her kennen, während Jana plötzlich die Situation einfiel, in der sie ihn zum erstenmal gesehen hatte.

Es war vor zwei Jahren, er sollte die Eröffnungsrede bei der Ausstellung seines Freundes, eines Bildhauers, halten. Zur Vernissage kamen namhafte Künstler, und die Dozenten in der Kunstgeschichte hatten es im voraus als Geheimtip angekündigt; wer von den Studenten Bescheid wußte, ging hin.

Während des allgemeinen Herumstehens trat Palzer vor und wurde zunächst gar nicht wahrgenommen. Erst als er schon einiges gesagt hatte, wurde es im Saal still und die Hauptmenge bildete rasch einen Halbkreis um ihn, die Verspäteten aus den Nebenräumen eilten dazu und drängten sich dazwischen. Einige waren verstört und fühlten sich schuldig, es war nicht klar, wie es passieren konnte, denn man hatte auf die Rede gewartet und Palzer die ganze Zeit im Auge gehalten. Nachher vermutete man, daß er den größten Lärm abgewartet hatte, um es schnellstens und womöglich unbemerkt hinter sich zu bringen; es konnte stimmen.

Jemand brachte ihn dazu, nochmals anzufangen. Palzer hatte das erste Blatt schon unter die anderen verstaut, und die Suche danach dauerte peinlich lange. Dabei fielen einige Bögen auf den Boden und er sah ihnen nach. Bekannte um ihn sammelten sie rasch und versuchten sie noch zu ordnen, es war aber schwierig, denn die Seiten waren nicht numeriert. Palzer nahm ein Blatt nach dem anderen mit Widerwillen entgegen und reichte es wieder zurück, als seien es überhaupt nicht seine Papiere. Die Besucher wurden unruhig. Einer von den Freunden, die schon jede Seite mehrmals in den Händen gehabt hatten, erklärte plötzlich eine für den Anfang und drückte sie Palzer aufmunternd in die Hand. Mittlerweile weigerte sich Palzer, überhaupt etwas davon anzunehmen, deutete an, daß die anderen lesen sollten und zeigte Ansätze fortzugehen.

Der ausstellende Künstler trat auf ihn zu und redete heftig auf ihn ein, so daß Palzer schließlich alle seine Papiere annahm und noch einen Schritt näher zum Publikum trat.

Die ersten Sätze hatte er wohl eingeübt, sie waren ziemlich kohärent, aber die Aussprache war schwer und undeutlich. Dann blickte er aufs Papier und blieb hängen. Er hob den Text so nahe an die Augen, daß er nichts mehr sehen konnte, legte das Blatt auf die Handfläche und hielt es horizontal vor der Nase, eine Weile balancierte er es vergnügt und stieß Wörter aus, die er auf diese Weise erhascht hatte. Insgesamt aber war er nicht froh. Er las noch weiter und stammelte dabei so stark, als habe er einen Sprachfehler. An einem Wort kam er nicht weiter, er las mehrmals »seiner Arbeit«, dann wieder »meiner«, sah es sich mit Verdacht an und schloß endgültig mit »seiner oder meiner Arbeit« und dann stand er da, als alle schon so laut lachten, daß ihn sowieso niemand mehr hören konnte. Zum Schluß erschien noch von irgendwoher ein kleines Kind, das sich ihm mit einem Schrei »Papa!« an den Hals hing und so in der Schwebe blieb. Palzer stand wie ein Zugtier vorgebeugt und starrte vor sich hin.

Jana dachte fast, das Kind müßte jetzt hervorkommen, aber Palzer löste sich von der Mauer und drehte sich nicht um. »Es ist noch Zeit«, wandte er sich mit einer verlegen einladenden Geste an sie, sie gingen gemeinsam die Straße hinunter.

Sie gab ihm ein Buch von Mara zurück und wiederholte noch, weshalb sie nicht kommen konnte, obwohl er es schon wußte. Er nahm es an und fragte belebt, wie es ihr gefallen hatte. Jana hatte das Buch erst am letzten Abend bekommen und nur hineingesehen, aber sie wollte nicht, daß das Gespräch wieder stockte und äußerte deshalb Maras Meinung; Palzer war damit nicht einverstanden, und sie diskutierten eine Weile darüber. Jana war in Maras

Ton gefallen, sie verwandte ihre Ausdrücke und ihre Mimik, ohne daran zu denken, und Palzer antwortete mit Sätzen, die auf Maras Argumente zu passen schienen. So verständigten sie sich in einem gemeinsamen Code; sie bewiesen sich den Zusammenhang mit Mara.

Sie wußten, daß sie ihr voneinander erzählen und von ihr die Meinung des anderen erfahren würden. Es war sicher, daß sie sich vor Mara gegenseitig anerkannten, Jana begann aber zu wünschen, daß Palzers positive Meinung nicht nur aus ihrer Nachahmung Maras hervorginge.

Sie versuchte einen direkten Kontakt herzustellen, aber Palzer wich zurück, er hatte sich wohl schon daran gewöhnt, daß er kein neues Problem vor sich hatte, und war nun menschenmüder Künstler, der die anderen freundlich erträgt.

Jana saß dann noch etwa eine Stunde allein in der Lastwagenkabine hinter dem Archiv und wartete auf die Vorstellung. Sie waren beide wieder umständlich geworden, zwei Fremde, die für ihr Zusammensein auf den Namen eines Dritten angewiesen waren. Er hätte mit ihr sicher weiter gewartet, es war aber einer seiner Bekannten gekommen, und sie merkte, daß er sich erleichtert fühlte. Sie ging noch spazieren, weil der Vorführer sich verspätet hatte, dann setzte sie sich in die Kabine und beobachtete den Verkehr auf dem Güterbahnhof unter dem Abhang.

Als sie eben herauskroch, kam Palzer und sagte, daß es beginnt. Mit etwas unsicherem Lächeln fügte er hinzu: »Ich habe Sie gesucht.«

Sie traten in den verdunkelten Saal, die Dunkelheit war heilsam nach dem stechenden Glanz der Straße. Der Saal wirkte wie ein geschlossener Klub, obwohl er nach Neuheit roch. Er hatte keine Serienausstattung, die Bildhauer hatten ihn zur Vorführung von alten Filmen für sich eingerichtet. Der Vorführer arbeitete sonst in einem Stadtkino, wo er fest angestellt war, so daß die Vorstellungen nur selten und zu ausgefallenen Stunden stattfinden konnten. In dem Raum waren nur wenige Reihen, weit genug voneinander entfernt, daß sich die Ankommenden nicht vor den Knien der Sitzenden hindurchzwängen mußten. Die Lehnstühle waren bequem, man konnte den Kopf fest anlehnen.

Ein alter Film lief, begleitet von stockender Musik, die dem Bild lose nachhing, eine Schläfrigkeit verbreitete sich von ihm, von den langen, statischen Einblicken in verstaubte Gärten und Interieurs, eine große Stille. Nach der Pause liefen stumme Grotesken von verwirrender Lebendigkeit, durchzogen von Schrammen, in deren Schauern sich die Personen wie an Marionettenstrippen bewegten, dann ein neuer Film.

Als Jana betäubt auf die Straße hinaustrat, überraschte es sie, daß noch Licht war. Die Sonne war noch nicht untergegangen, und die Gegenstände warfen lange, scharfe Schatten. Man sah immer noch weit, besonders die besonnten Hügel am Horizont, als ob die Zeit dazwischen stehengeblieben wäre.

Sie ging mit Palzer schweigend zur Straßenbahn. Sie hatte einen ausgetrockneten Mund, und nach der langen Vorstellung brannten ihr die Augen. An der Haltestelle reichte ihr Palzer die Hand. Sie dachte, daß er mitführe, sie hatten aber noch eine Sitzung im Archiv. Sie hatte nicht gemerkt, daß die anderen dort geblieben waren. »Das mußten Sie nicht«, sagte sie und stieg ein.

7

Die Vormittage mußten überstanden werden, das
reglose Hinstarren, stundenlang, das fühllose Berühren von Gegenständen, die sich zerbrechen ließen, aber nicht aneignen, das lähmende Warten, auf
etwas – auf Schritte im Flur, leichte, vorbeilaufende
Kinderschritte auf der Treppe, immer in Eile, ver-
spielt und voll von Geheimnistuerei; wenn sie verhallt waren, war die Einsamkeit größer.

Sie lief ihnen nach, schwebend sprang sie über
drei Stufen, sie tauchte in den Gewürzgeruch von
Kinderköpfen, Minze und knisternden Ästen in ihren Kleidern, holte sie ein, und schon liefen sie alle
und verschluckten den Wind. Sie stand erwachsen
am Fenster und wartete, bis sie aus dem Haus her-
auskamen; eine Weile bildeten sie ein Bündel vor
dem Tor und dann, es war nicht einmal der sicherste
Augenblick, zersprangen sie über die Straße,
zwängten sich durch das Gebüsch hindurch und
verschwanden im Park.

Es gab harte klappernde Schritte und schwere,
dröhnende, in deren Rhythmus das Haus zu schau-
keln schien als müßten die Treppen abstürzen, sie
kamen nahe, donnerten heran, und vor der Tür bra-
chen sie ab, es war plötzlich ganz still, und Jana
hielt den Atem an und wartete auf den ersten
Schlag.

Minutenlang in erstickender Starre, bis die Arm-
banduhr unerträglich laut wurde, daß sie sie über-
schreien mußte, daß sie die Angst aus dem Hals
ausschreien mußte. Sie mußte sich bewegen; sie
ging zur Tür und öffnete sie weit. Es war niemand
da.

Sie mußte fort, den gähnenden Flur, die Treppe hinter sich lassen, die Wohnung, zu der jeder Schlüssel paßte, aber die Straße war nicht sicherer, man mußte ein festes, dringendes Ziel haben, damit für die Umgebung keine Zeit und keine Gedanken blieben, damit das nagende, zerfressende Glotzen sich an ihrer Unsicherheit nicht festhalten konnte.

Unter der Obhut von Hausfrauen angepaßte Kinder; verhinderte Schläger nahmen mit ihren Blicken den Polizisten die Arbeit ab. Die Stadt schrumpfte zusammen unter dem Betongürtel der Neubauten. Dort waren Abweichungen schon unterbunden, und der Horizont ließ keine Hoffnung. – Eine fremde Stadt mit einer fremden Sprache, von fensterlosen Türmen gelenkt, die die Leute undeutlich verschmiert reden ließen und einander überwachen, nur die Jagd auf einen Dritten machte sie voreinander sicherer.

In der Innenstadt gab es noch Verstecke, Jana kannte sie aus der Schulzeit; eine Reihe Kinos, die vormittags spielten, die erste Vorstellung fing halb elf an.

Ihre alte Sucht; eine starke Dosis auf einmal hatte genügt, und sie war wieder da: der Anflug von Fatalismus, wenn sie die Treppen hinabstieg und in den leeren Fluren den richtigen Eingang suchte, die Ungeduld, die sie ergriff, wenn unter den Balkontüren abgerissene, grelle Töne aus den dramatischsten Stellen des Films drangen, sie mußte sich beeilen.

Die Szene, die eben lief, war nach dem vielversprechenden Lärm aus dem Flur enttäuschend, Jana stand fremd am Eingang und hielt den Ton und das Bild auseinander, sie nahm wahr, wieviel allein die Musik ausmachte, aber es dauerte nur kurz; ehe sie an ihren Platz gelangte, war sie schon im Film gefangen.

Die alten Filme hatten scharfe Lichtkontraste,

ausgeprägte Typen und verständliche Handlung, die neuen waren technisch aufwendig und verfügten über eine entdeckende Kamera mit zittrigen Aufnahmen; je weniger Handlung ein Film hatte, desto unruhiger war die Kamera.

Die überwiegende Zahl waren Filme, die eine Mischung beider Arten darstellten.

Western, in denen zwei Familienclans sich wegen des Grenzwassers gegenseitig ausrotteten; unter den vielen Söhnen, die es den Vätern eifrig nachmachten, fand sich ein Zögerer, ein intellektueller Typ, der später auf seine nicht gewaltsame Art Senator wurde. Er blieb unüberzeugend blaß wie sein Aufstieg. Aufregend waren nur die zwei prallen, verbissenen Familienoberhäupter und ihr Ende, das sie sich gegenseitig in einem abschließenden Duell zufügten.

Oder sie waren etwas jünger, kinderlos, Führer einer Bande oder zynische Einzelgänger, die sich einmal feindlich begegnet waren und nun nicht mehr voneinander ablassen konnten, sie mußten sich jagen, einer den anderen zur Strecke bringen.

Frauen waren Trophäen, wie Papierrosen am Schießstand, in der Handlung beliebig austauschbar für einen Sattel, ein Pferd, einen Wagen oder eine gehobene Position, sie bewahrten sich für den Besten. Sie waren reizend unbeholfen, ständig in Gefahr und hilflos. Sie lösten Schutzimpulse aus und dienten als Vorwand für männliche Auseinandersetzungen. Je unbeholfener, desto begehrter waren sie.

Bei den Eigenwilligen zeigte sich, daß sie anlehnungsbedürftig und unglücklich waren. Störrische Frauen, die sich auflehnten, wurden von langmütigen Männern am Schluß gemeinsam gebändigt. Beschämt, verlacht und gezüchtigt fanden sie zum Schluß mit Befriedigung, daß ihr Mann doch kein Schwächling war.

Das Berauschende an den Filmen war ihre Bewegung. In kleinen Kinos gehörte dazu das vertrauliche Surren des Projektors und der silbrige Staub, aufgewirbelt durch das filmtragende Licht aus der Kabine.

Jana fand sich nach wenigen Minuten zurecht, von einem gewissen Punkt an konnte sie die Handlung im voraus bestimmen und die Dialoge stellenweise wörtlich vorsagen. Mit der Zeit hatte sie diese Fähigkeit durch das ständige Zuspätkommen fast zur Perfektion entwickelt. Da sie meist Filme von der Mitte an sah, mußte sie den Anfang schnell aus den ersten Szenen kombinieren, damit die Handlung ohne Stocken weiter lief. Es war nicht schwer, manchmal waren ihre Versionen jedoch komplizierter als die des Films. Was sich rückwärts erraten ließ, ging im Mitlauf noch glatter; sie stellte sich einen Satz oder eine Geste vor, und schon geschah es – im nächsten Moment spürte sie neben Befriedigung eine schwache Enttäuschung, daß der Film so leicht war.

Nach dem Kino ging sie ins Fischbuffet nebenan, wo man im Stehen pommes frites mit Tartarsoße oder Salat essen konnte, und dann weiter in den nächsten Film. Auf das Fischbuffet freute sie sich jedesmal, nach den Vormittagsvorstellungen war sie immer besonders hungrig.

In den Passagen gab es ein Kino neben dem anderen, sie mußte gar nicht auf die Straße gehen, hier im Halbdunkel hatte sie eine Auswahl. Sie kannte die kürzesten Wege und konnte in ein paar Minuten einen Ort erreichen, zu dem der Stadtverkehr im Zentrum fast eine halbe Stunde brauchte. Die Passagen der Innenstadt waren schon ein Teil der gedämpften, unwirklichen Welt, in die sie untertauchte, man brauchte nur die Eintrittskarte zu lösen. In der Dunkelheit erschien eine Hand mit einer Taschenlampe, nahm ihre Karte und leuchtete ihr den Weg nach vorne zu ihrem Platz, das war alles. Niemand kümmerte sich um sie, für weitere zwei Stunden war sie untergebracht. In den Nonstop-Kinos konnte es passieren, daß ein fremdes Knie sich an ihres preßte, das hatte sie noch während des Schulschwänzens herausgekriegt. Sie hatte jetzt davor keine Angst, aber sie ging auch so schon lange nicht mehr hin, weil es sie störte, die Filme zerteilt zu sehen.

Mara war jetzt kaum zu erreichen, und wenn sie abends kam, war sie von den Ausschüssen und Streitigkeiten heiser und müde und mit der Arbeit im Rückstand. Sie ging dann ziemlich bald, sie wollte nur sehen, ob alles in Ordnung war. Es war unerträglich, es waren aber nur noch ein paar Tage, wie sie versicherte. Dann war der Entwurf endgültig und sie konnten fahren. Wenn sie weg war, fing die Leere wieder an, wo Jana sich nicht vorstellen konnte, was sein würde, wenn der Entwurf fertig wäre.

Sie war in der kurzen Zeit verwahrlost. Außer Kinos war draußen nichts Überzeugendes, das das Ausgehen rechtfertigen konnte; sie wollte auf alles verzichten, sie konnte Milch und Bewegung entbehren, wenn sie den Druck der Straße im voraus bedachte. Sie war gegenüber der äußeren Welt lahm, es befiel sie schon bei dem Gedanken, daß sie hinaus mußte. Der schnelle, zerstreuende Weg ins Kino war das Äußerste, sie kannte vor allem das Muster des Bodens, dreimal links, fünfmal rechts, wie Mäuse ihre Wege kennen.

Es gab auch Post, wenn sie verdreht von den Filmen das Haus betrat und automatisch zum Briefkasten langte. Oben blieben die Briefe auf dem ersten Ablageplatz liegen.

Ein dicker Strich auf einer Karte betonte die zweite Mahnung der Universitätsbibliothek, sie entsann sich nicht der ersten. »Das von Ihnen entliehene Buch wird dringend von einem nächsten Leser benötigt.«

Jana versuchte matt, sich den Leser vorzustellen. Sie dachte jetzt gar nicht ans Lesen. Es schmerzten sie die Augen, wenn sie sich nur die Buchrücken ansah, und sie spürte eine Einöde, die von ihnen kam; sie mußte in sich selbst Ruhe dazu haben, und nicht dieses bleierne Pochen.

Ob sie ihm das Buch bringen würde – sie empfand keine Gemeinsamkeit; Mara konnte jetzt auch kaum kommen, es bestand keine Verbindung zu den anderen. Sollte der Leser ruhig warten, aber andererseits wollte sie sehen, wie es vorher gewesen war, wie sie sich jetzt als Studentin fühlen würde.

Dann war sie überzeugt, daß das alles ein Irrtum war. Die zweite Mahnung hatte keinen Sinn, weil es eine erste nicht gab und darüber hinaus auch das Buch nicht.

Sie fand es in der alten Tasche, die sie zur Straßenbahn mitnahm für die Thermosflasche mit Tee und zwei Brote. Auf dem Boden unter einem verklebten Regenmantel, der nach Schimmel roch, war das Buch, es fühlte sich feucht an; als Lesezeichen steckte darin die erste Mahnung.

Es erfaßte sie ein Schwindel, als sie die Sachen wieder in die Hand nahm, seit der letzten Fahrt wußte sie nicht von ihnen. Sie packte den Regenmantel aus und zog ihn an, ungeschickt trat sie vor den Spiegel im Vorzimmer und erschrak. Sie stand im schimmligen, eingerissenen Igelit da, und es war wieder wie der vernieselte Morgen. – Hatte sie es dann noch angezogen? War es noch wichtig, daß sie nicht naß wurde?

Aber diese Erschütterung war etwas Faßbares,

das sie in den Fingern spürte und auf den Armen, wie der Mantel an ihr klebte. Sie riß ihn hinunter und konnte sich plötzlich viel freier bewegen, sie ging sogar mit dem Müll nochmals hinaus, um den Mantel loszuwerden.

Am nächsten Tag brachte sie das Buch zurück.

Die Bibliothekarin nahm die Strafgebühr nicht an und sagte zu Jana: »Kaufen Sie sich ein Eis.«

»Kommen Sie mit?«

»Nein, ich muß hier bis fünf sitzen.«

»Dann nächstesmal«, sagte Jana und ging zum Flur hinaus. Sie überlegte, wo sie jetzt ein Eis bekäme, aber in der Nähe waren keine Geschäfte. Das nächste Mal würde sie ihr eins mitbringen.

Sie stieg ins Souterrain hinab, wo gegenüber vom Rauchraum Toiletten waren. Ein Mädchen ging eben auf das Waschbecken zu, hinter ihm in den Kabinen rauschte Wasser. Sie war groß und schlank, hatte kurzes Haar und ein ernstes Gesicht und trug Hose und Pullover. Sie stockten beide über einer Ähnlichkeit, Jana sah dieselbe Erkenntnis in den Augen des Mädchens, aber dann hatten sie einander schon passiert. Einen Moment lang wollte Jana sie ansprechen, aber das Mädchen wirkte schon abweisend, als wolle sie diese Ähnlichkeit nicht oder daran nicht erinnert werden. Sie war eine Spur größer und das erweckte bei Jana fast Neid. Sie merkte, daß diese Zentimeter auch für das Mädchen wichtig waren. Wenn eine große Mitschülerin ihr nicht so oft erzählt hätte, daß 171 cm besser als 176 sind, wäre es ihr nicht eingefallen. – Sie beneideten sich gegenseitig um ihre Größe.

An der Tür der Kabine war eine schon schwer lesbare Inschrift und darunter eine Reihe Namen bis zum unteren Rand, Jana verstand zunächst nicht, worum es sich handelte. Als Kind war sie versessen auf vulgäre Reimchen und Zeichnungen, jetzt erweckte die Ahnung davon halb Unbehagen, halb Neugier; an der Klotür konnte kaum etwas anderes geschrieben sein. Allerdings waren solche Texte in der Bibliothek ungewöhnlich, Mädchen schrieben sie kaum, und Männer, die sich hierher verirrt haben konnten, waren selten, lediglich ab und zu Handwerker, Maler, die mit dem großen Refektorium und mit den hohen, gewölbten Stuckfluren immer zu tun hatten.

An der Tür stand: »Meine Damen, eine Enquete: welche von Euch hat schon je beim Beischlaf etwas davon gehabt? Ich zumindest noch nie. Ich bitte um Eure Meinung«, und darunter ein Name. Diesem folgte eine erstaunliche Menge weiterer Mädchennamen, die Tür war voll, einige Namen mit demselben Stift im Eifer gekritzelt, als hätten da Mädchen Schlange nach einem Stift gestanden, um sich bei dieser Umfrage zu beteiligen, das lange, verschämte Schweigen war dahinter und die Unsicherheit, so etwas zu beichten, es gab Namen mit Lippenstift geschrieben und mit Kohle, mit Tinte, die ganz blaß waren, mit Kugelschreiber und mit Fingernägeln eingekratzt, bei zwei stand sogar die Adresse, aber die Straße war nachträglich mit einer anderen Farbe durchgestrichen. Abseits gab es etwas blasser noch einen Text: »Ich helfe mir allein, mit dem Finger auf dem Kitzler«, und darunter eine ungekonnte Zeichnung als Anleitung. Die Unterschrift war Marcela N. Auch dieses Eingeständnis fand Anhänger, und dabei standen Bemerkungen: »Ich auch« oder »Das ist doch alt.«

Jana war von dieser gemeinschaftlichen Erklärung mitgerissen, sie fand auch die Zeichnung schön und mutig, sie wollte auch dabei sein, wenn auch nur damit die Anzahl größer würde, als hinge davon eine Änderung ab. Sie hatte keinen Stift, aber als sie hinauskam, war das Mädchen noch am Waschbecken. Jana ging mit Selbstverständlichkeit auf sie zu und überlegte noch flüchtig, ob sie auch unterzeichnet hatte. Das Mädchen stand ganz nahe am Spiegel und schwärzte sich die Wimpern. Sie machte ein beschäftigtes und ablehnendes Gesicht, als ginge sie die ganze Schweinerei nichts an. Ein Auge war schon fertig, die Wimpern, zusammengeklebt und lang, lagen verhärtet über der Wange, der Mund hatte einen violettroten Anstrich und eine verbesserte Form, neben dem linken Mundwinkel war ein großes Muttermal gezeichnet.

Das Mädchen sah plötzlich süßlich starr aus, und Jana dachte fast, sie hätte sich geirrt, die Kleidung war aber dieselbe und auch mit dem Haar konnte sie nicht viel machen.

Deshalb diese Operationen; das Mädchen war sonst allzu ernst und schlank, mit schmalen Hüften und ohne Riesenbusen, es kannte die Verwechslungen, die den anderen Jux bereiten: »Ist das ein Kerl oder ein Weib?« Dann fressen sich die Blicke an der Brust und am Hintern fest, durch empört zur Schau getragene Verwirrung gesichert. Diejenigen, die mit ihr gehen, fühlen Unbehagen, schämen sich für sie und verübeln nicht den anderen ihre Frechheit, sondern dem Mädchen das Aussehen.

Sie sah jetzt erhaben an Jana vorbei, die aufgesetzte Maske forderte es förmlich, und entfernte sich ohne jedes Zeichen von Verwandtschaft.

Jana hob verdrossen die Augen zum Spiegel und sah kurz die beiden Gesichter nebeneinander; es bestand keine Ähnlichkeit zwischen ihnen.

Oben auf dem Gang, als sie zur Garderobe ging, hörte sie ein lautes hohes Lachen, das Mädchen von unten machte Jana auf sich aufmerksam. Sie stand an der Heizung mit einem Bein nach hinten angelehnt, so daß sie kleiner wirkte, und amüsierte sich bei Äußerungen zweier Jungen. Einer war fast kahlköpfig, dick, mit Brille und Intellektuellen-Komfort, der andere hatte Haar, fett und bis auf die Schultern, außerdem noch einen Bart. Der Dickere sprach mit wohlwollenden Tönen und das Mädchen schien gefesselt. Der andere stand sehr aufrecht und blickte anarchistisch streng. Beide waren um einen guten Kopf kleiner als das Mädchen, und sie gab sich alle Mühe, es zu verbergen.

Jana ging zum Ausgang, an Studenten vorbei, die hier ganze Tage verbrachten – es war Prüfungszeit – und mit einem merkbaren Anspruch die Korridore füllten, mit einem Heimatrecht im Wege standen und in kleinen Gruppen sich laut unterhielten. Sie sprachen von Prüfungen, das war die Quelle ihrer Spannung und Angst und der allgemeinen Euphorie; die Namen der Prüfer erweckten fiebrige Heiterkeit.

Es war Mittag, und die Studenten gingen aus und ein, die Frauen an der Garderobe hatten die Hände voll zu tun mit der Ausgabe von Taschen und Jakken, es war verhältnismäßig einfach, verglichen mit den schweren Mänteln im Winter. Jana begegnete Bekannten, man nickte sich zu. Sie sah einige mit dem nächsten Schritt zögern, während sie selbst weiterging und erst nachträglich die einladende Haltung verstand. Die anderen zeigten von dem Versäumnis nichts. Einen Augenblick später standen sie mit jemandem herum, der wie sie an einer Pause interessiert war und nicht unbedingt am Gespräch. Es lief leicht und ohne Kränkung.

Jana war hier nicht ungern, es war möglich, wiederzukommen, nur lag ihr daran im Moment nicht viel.

8

Nach drei Tagen Warten hatte sie ihr Geld geholt, es wurde ihr eine Strafsumme wegen Verspätung abgezogen.

»Am 28. August haben Sie sich mit der Straßenbahn um 32 Minuten verspätet. Sie sollten nach dem Nachtdienst um 9.50 früh enden und sind erst um 10.22 angekommen, wie es hier steht. Und das Arbeitsverhältnis haben Sie vorzeitig beendet, Sie sollten bis zum Monatsende arbeiten.«

»Nein, ich hatte einen Vertrag für die Fahrt mit alten Wagen, die wurden an diesem Tag alle ins Depot zurückgezogen, die neuen waren von Anfang an für Angestellte reserviert.«

Sie dachte an ihre Ausrede, daß sie damals wegen der Sperre auf der Nebenstrecke fahren mußte, an das Mißtrauen des Beamten, wie undurchsichtig das Ausrangieren der alten Wagen für ihn war, an seine gönnerhafte Miene beim Auszahlen.

Er wußte nicht, daß sie anderthalb Runden ausgelassen hatte und auf dem Weg zum Depot keine Fahrgäste mitnahm aus Angst, die Fahrt nicht mehr zu schaffen, daß sie in Kurven in den Sandkasten neben den Fahrersitz erbrach und die ganze Fahrt vor Frost und Ekel gezittert hatte.

Sie ging auf belebtere Straßen zu. In den letzten Tagen hatte sie nur Marmeladenbrot gegessen, in der Speisekammer waren außerdem nur ein paar keimende Kartoffeln, darunter ausgetrocknete Knoblauchzehen, eine fast volle Flasche Essig und drei aufgeweichte Maggiwürfel. Die Marmelade hatte ihr weitere Ausgaben für Aufstrich erspart und noch einen Kinobesuch gesichert. Trotz der Machination des Beamten hatte sie jetzt fast zweitausend, mehr

Geld als im letzten halben Jahr zusammen. Sie hielt ihren Hunger an, die kleinen Bistros unterwegs genügten nicht, sie waren für schnelles Verzehren von angetrockneten Brötchen gedacht, und sie wollte in Ruhe frische kühle Sachen essen.

Dann konnte sie nicht widerstehen, als von einer Bäckerei ihr der frische Geruch entgegenzog, ein süßer warmer Strom, der nach Vanille roch. Sie kaufte sich einen Kuchen, und während sie ihn aß, veränderte sich die Straße durch den Geschmack und durch das Gefühl der Sättigung, sie rückte weiter, wurde fremder und klarer, und die Menschen rückten mit.

Jana betrachtete sie auf dem Hintergrund der Straßenorganisation, der Verteilung der Läden, der Grünanlagen, der Sonne, und suchte nach Übereinstimmungen, die genauso zufällig waren wie die Reihenfolge der Geschäfte.

Ein Feinkostladen, ein Obst- und Gemüseladen, ein großes Sportgeschäft, der zentrale Filmverleih, ein Spielzeuggeschäft, Regenschirme und Handschuhe, eine Galerie, ein Schuhgeschäft, ein Goldschmiedegeschäft, die Kunsthandwerk-Genossenschaft, ein Frisör, ein Waffengeschäft, eine Buchhandlung, ein Café.

Der gleiche Abschnitt auf der anderen Seite: eine Fluggesellschaft, eine Parfümerie, Damenwäsche, Schuhe, Uhren und Schmuck, Bonbons, Tabak, eine Druckerei, Antiquitäten.

Es ließ sich herausfinden, ob es auf der Seite, wo die Galerie war, mehr Männer mit Bart gab, oder ob auf der Seite mit Parfümerie und Damenwäsche Frauen überwogen – diese Ergebnisse änderten sich nach ein paar Schritten, aber das Spiel befreite Jana. Sie empfand keine gezielte Feindlichkeit mehr, keine Bedrohung, sie konzentrierte sich auf ihre Wahrnehmungen.

Bäume sind in dieser Straße fast keine, nur am Anfang vor einer Kirche, die mit der Häuserreihe verschmilzt, stehen zwei kümmerliche Reste zu Seiten des Portals, und gegenüber, auf der anderen Straßenseite im ersten Stock auf dem Balkon eines öffentlichen Gebäudes weitere zwei, die dort in Blumenkübeln besser gedeihen als die anderen im Pflaster. Es gibt noch einen Baum, zwei Häuser weiter, er wächst auf dem Dach und ragt in die Straße fast parallel zum Boden. Es ist eher ein Strauch, der nur einen schlanken zentralen Ast hat mit Spritzern silbriger Blätter. Er ist der lebendigste und beweglichste und kaum zu erreichen.

Eine Hand faßte sie an.

»Du bist aber erschrocken.«

»Nein, ich zähle eben die Bäume.«

»Hier sind doch keine.«

Irene sah die Bäume nicht. Sie drehte sich noch um, aber sie hatte nicht genug Abstand, sie zu entdecken.

Sie waren zusammen in die Schule gegangen – Irene war in der Nebenklasse –, und waren befreundet, seit sie gemeinsam bei einer Kanufahrt vermißt worden waren. Nach dem Abitur hatten sie sich nicht sehr oft gesehen.

Irenes Mutter war Tänzerin am Ballett, später in einem folkloristischen Ensemble, Irene kam nicht gut mit ihr aus. Irene tanzte auch, trat abends im Corps auf und nahm Jana mehrmals ins Theater mit. Jana saß dann gedrängt in der Feuerwehrbude mit einem Schutzmann, und die Schauspieler defilierten an ihr vorbei, die Kostüme raschelten und verbreiteten einen kühlen Duft, eine alte Sängerin lehnte sich einmal an ihre Schulter – »Mein Kind, ich muß ausatmen«.

Bei Massenauftritten rauschten buntgekleidete

Gruppen dicht vorbei und zogen Jana wie zu einem Straßenfest mit, die fröhliche Dorfjugend, die sich ganz plötzlich ansammelt und genauso rasch wieder verschwindet, die ältlichen Chorsänger in ihrer Trachtenheiterkeit, die flinken verlebten Tänzer, Jana mußte an sich halten, um nicht mit ihnen auf die Bühne zu ziehen.

Irene erschien in ihrem Pagenkostüm oder als kleine Wasserfee, die mit anderen Schülerinnen hinter einem grünen Tüll bewegliche Schatten abgab – für diese kaum bemerkten Bewegungen hatten sie ein hartes Training hinter sich und mußten eine Stunde vor der Vorstellung am Ort sein. Mit achtzehn war Schluß. Sobald sie volljährig waren, hätte die Theaterdirektion sie fest anstellen oder besser bezahlen müssen, und dafür gab es keinen Fond. Und es warteten schon ungeduldig Jüngere, auf der Bühne aufzutreten. Das Taschengeld, das sie dazu bekamen, war viel für sie.

Irene war schon an der Oberschule das attraktivste Mädchen, hatte immer ältere Freunde, Kunststudenten aus der Akademie, und alle Lehrer und Mitschüler, die es sich trauten, bemühten sich um sie. Sie konnte Mannequin oder Schauspielerin sein, aber derzeit fuhr sie mit einer Straßenwalze am Stadtrand, wo sie sich in einer Baracke gemeinsam mit den Bauarbeitern umzog und wusch, getrennt durch ein paar Latten, denn es gab dort keine extra Einrichtung für Frauen. Sie vertrug das besser als mit anderen Frauen im Büro hocken, sie hatte es dreimal versucht und jedesmal hingeworfen. Sie haßte »verbuchteltel« Arbeitsstellen.

Sie trug den Monteuranzug mit Stil, und die großen Handschuhe verstärkten die Wirkung. Niemand von ihren Bekannten nahm das ernst, und sie spielte auch damit, aber ihre Arbeit tat sie. Dabei kochte sie gern und ging ihre Großmutter besuchen, die wieder geheiratet hatte, damit Irene ein Zimmer bekäme. Sie verstanden sich gut. Irene hatte Jana mehrmals versorgt, wenn sie krank war oder etwas brauchte.

»Da vorne sind fünf Bäume, einer auf dem Dach. Weißt du wo? Ich kann sie dir zeigen, aber zuerst muß ich etwas essen. Hast du auch Hunger? Ich habe eben Geld bekommen.«

»Das machen wir anders. Du kommst mit, ich gehe hier in eine Wohnung. Und wir können unterwegs noch etwas kaufen. Da ist jetzt niemand, ich habe Schlüssel.«

Irene hatte immer irgendwelche Schlüssel. Schon an der Oberschule standen ihr fremde Wohnungen zur Verfügung, in die sie nach Belieben Bekannte mitnahm.

Die Wohnung war unter dem Dach, mit niedriger Decke, und das Zimmer beulte sich von Büchern. Sie bauchten die Regale in zweifachen, dreifachen Reihen übereinander – Bücher und Broschüren oft nur in der ersten Heftung, gepreßt, unerreichbare, längst eingegangene Zeitschriften und Erstdrucke.

»Svidor liest täglich sechs Zeitungen.«

Jana hatte seine Gestalt vor sich: ein eiförmiger, auf dem Scheitel fast spitziger kahler Kopf, ein auffällig blasses Gesicht mit dünnen Lippen; hoch gewachsen, mit schmalem Brustkorb, breit und lässig in den Hüften. Svidor war ein bekannter Philosoph, an marxistischer Anthropologie orientiert, aber er schrieb auch über Film und Literatur und las über Ästhetik. Seine öffentlichen Vorträge in der Volksuniversität waren viel besucht.

Sie stellte sich ihn vor, wie er sich frostleidig in einen Mohairschal hüllt; so hatte sie ihn einmal gesehen – reine Wärmebedürftigkeit. Er konnte nicht schwimmen und betonte es auf eine solche Art, daß sich Schwimmer in seiner Gegenwart unwohl fühlten. Vielen imponierte er, durch seine Jugendlichkeit, durch einen Hauch von Ausschließlichkeit, den er um sich verbreitete.

Das war auch in seiner Wohnung zu spüren. Die Arbeitsatmosphäre wurde noch von einer anderen, von ihr unterscheidbaren Stimmung durchdrungen, die mit der fortschreitenden Dunkelheit stärker merklich wurde. Dann gewannen Draperien und Vasenumrisse an Bedeutung, eine pilzförmige Lampe auf dem Tisch mit orangenen Blumen, angemessen spärlich Graphiken von Odilon Redon beleuchtend und Fotografien der Schloßruine La Coste – Svidor hatte mehrfach über de Sade geschrieben. Es lag darin eine veranstaltete Melancholie.

»Svidor hat gute Bücher«, Jana blieb vor einem Regal stehen.

»Dann such dir etwas aus. Er merkt es gar nicht, die unteren Reihen sind seit Jahren unberührt«, sagte Irene.

»Ich würde ihn gern mal sprechen, ich glaube, er ist ziemlich klug.«

»Ja, er ist schlau. Das ist ein guter Einfall, ich werde es einrichten, du wirst ihn mächtig ärgern.«

»Wieso?«

Draußen verlor sich die Atmosphäre der Wohnung. Gegen die Straße hatte sie keine Wirklichkeit, aber am Abend rief Irene an und sagte, Svidor erwarte sie morgen, ehe er zu einer Tagung verreisen würde.

Jana hatte nichts Dringendes zu besprechen, von ihrer Lektüre war sie abgelenkt, die Probleme, die sich ergeben hatten, waren teils vergessen, teils durch die Entfernung gelöst, sie wollte von Svidor nichts. Sie nahm den Besuch als Fortsetzung des Treffens mit Irene.

Als sie hinging, merkte sie zum erstenmal, daß sie

sich völlig schmerzlos bewegte, die langen Treppen, die sie in Erinnerung hatte, endeten früher. Svidors Name stand in auffällig kindlicher Druckschrift neben der Klingel, er erschien nach dem zweiten Klingeln.

»Sie sind ..., ich weiß, kommen Sie herein.« Mit einem leichten Wink ließ er ihren Namen beiseite. Umständlich führte er sie ins Zimmer, dort blieb er schweigend stehen und sah sich nach seinen Regalen um. Er trat zurück, damit Jana an der Besichtigung teilnähme. Er wußte nicht, daß sie hier am Tag vorher alles in die Hände genommen hatte, daß sie die Hälfte seiner Bücher aus den Regalen herausgezogen und zwei davon zu Hause hatte. Sie bemerkte die Veränderungen, die Svidors Gegenwart verursacht hatte, Verschiebungen, in denen eine andere Art, Gegenstände zu behandeln und zu besitzen deutlich war, Irenes streunende Existenz war verdrängt und auch ihr gestriges Herumkramen und Blättern hatte in diesem andersartigen Chaos keine Spuren hinterlassen. Es war auch eine Aufbruchsstimmung bemerkbar.

Irene fehlte hier, ohne sie war der ganze Besuch unsinnig. Svidor stand inmitten des Zimmers und hielt die Hand am Halstuch, als unterdrücke er ein Husten. Er riß sich aus seiner Haltung, wies auf einen Lehnstuhl und setzte sich gegenüber. Er warf ein Bein über das andere und umklammerte das Knie, daß die Knöchel weiß hervortraten. Jana sah das entblößte Schienbein gelblich knochig zwischen dem Sockenrand und dem hochgezogenen Hosenbein gegen sich gestreckt und blickte vorbei. Svidor sah sich inzwischen ihre Beine unverhohlen, mit Sachlichkeit an und ließ sich dabei Zeit. Jana wandte sich seinem Bein genauso auffällig zu, bis er damit zuckte. Sie mochte noch nicht gehen, sie hatte ihn sprechen wollen und war ihm noch eine Erklärung schuldig.

Svidor stellte den Fuß auf den Boden und zwang sich zur Leichtigkeit. »Sie interessieren sich also für Philosophie?« fragte er amüsiert.

Jana hatte sich das Treffen weniger gespannt vorgestellt, Irenes vermittelnde Teilnahme fehlte. Svidor erwähnte sie nicht, er machte den Besuch zu einer unpersönlichen Konsultation. Sie versuchte, die stumm ansteigende Feindlichkeit in neutrale Höflichkeit umzulenken. Selbst hatte sie jetzt keine Fragen. Sie nickte leicht.

Svidor blieb am Thema: »Und was lesen Sie jetzt?« Es war ihm damit sehr ernst, während Jana sich fragte, ob es sie noch etwas anging. Sie fühlte sich freier als seit Tagen. Es ging hier nicht freundlich zu, aber die Auseinandersetzung war intellektueller Art – wenn auch von erstaunlich niedrigem Niveau –, es wurden keine Schläge verteilt. Sie konnte antworten und gehen.

»Die ›Phänomenologie des Geistes‹.«

Svidor schnappte danach mit sichtlicher Freude, für ihn bedeutete es einen Anfang.

»So, Sie lesen die ›Phänomenologie‹. Und wie weit sind Sie schon?«

»Ich lese zum zweitenmal die Vorrede.«

»Und verstehen Sie es?«

»Jetzt schon das meiste.«

»Lesen Sie im Original oder in der Übersetzung?«

»In der Übersetzung, und stellenweise vergleiche ich es.«

Svidor nickte mehrmals mit dem Kopf, er lächelte, als hätte sich etwas für ihn bestätigt. »So, Sie verstehen es also«, er streckte sich im Stuhl. »Dann werde ich es wohl wie Sie lesen müssen, weil ich es zum Beispiel überhaupt nicht verstehe«, erklärte er siegreich.

»Nun, das ist kein Wunder, es ist wirklich sehr

schwer«, sagte Jana ruhig, fast freundlich und stand auf.

Svidor blieb nach vorn gebeugt sitzen, eine Weile schwieg er. Dann schnellte er hoch, als Jana schon an der Tür stand, riß vor ihr die Tür auf und begleitete sie ins Vorzimmer. Dort, die Hand auf der Klinke, wandte er sich zu ihr: »Ich werde Ihnen etwas sagen, Fräulein. Nur eine Frau verstand je etwas von Philosophie, das war im Mittelalter, in Spanien. Und die ließ man von vier Paar Bullen zerreißen!« Er preßte die Worte mit solchem Haß, daß das Urteil aus seinem Mund völlig natürlich erschien.

Es gab keinen wesentlichen Unterschied zwischen ihm und dem Beamten. Beide hatten Drohungen bereit, der Beamte unverschlüsselt und schneller. In Jana hob sich ein alter Ekel, aber nur kurz, im Grunde war sie nicht getroffen.

»Nehmen Sie es nicht so schwer«, sagte sie und ging. Sie lief die Treppe hinunter, schmerzlos, ergriff einen zufälligen Rhythmus, der sich nach ein paar Stufen ergab, und vervollständigte ihn zu einem tönenden, fünf Stockwerke langen Steptanz.

Später dachte sie, daß sie den Namen der Frau gern gewußt hätte.

9

Solche Sentenzen mußte sich Svidor nicht ausdenken, er sammelte mit Vorliebe Beispiele von bestraften Frauen und verwendete sie öffentlich, um auf die Mängel der Demokratie zu weisen – die Mathematikerin Hypatia, vom alexandrinischen Pöbel ermordet.

Irene freute sich offen über den Verlauf des Treffens. Als sie Jana ausrichtete, daß Svidor sie für äußerst arrogant halte, konnte sie auch die eigenen Erfahrungen mit ihm einbringen. Svidor war verärgert, sie hatte ihm im voraus gesagt, daß Jana es ihm zeigen würde, weil er gefragt hatte, ob sie hübsch sei.

»Ich dachte, er wäre klüger«, sagte Jana. »Weshalb verkehrst du überhaupt mit ihm?«

»Es ist ein Spiel. Einmal bestellte er mich zu einer bestimmten Zeit, ich ging früher hin und traf ihn im Bad mit einem Flakon in der Hand mit übergekämmter Glatze in seinem Bordeaux-Morgenrock. Es war bei uns zu Hause wieder nicht auszuhalten.

Na, und dann zog ich mich aus. Schön langsam, und ließ es auf ihn wirken. Ich habe Professionalität, in der Garderobe darf es samt Schminken nicht länger als zehn Minuten dauern, dann drängen schon die nächsten. Aber wenn ich mir Zeit lasse, kann ich es ausspielen.«

Sie war wieder ganz bei der Sache, unpersönlich, sie bezog es nicht auf sich, als hätte sie die Atmosphäre der engen Garderoben angezogen – den Schweiß, die Schminke, die übereinandergeworfenen Tiegel und Perücken, vervielfacht in einer Reihe von Spiegeln, um die sie Jana an der Schule immer beneidet hatte.

Irene schilderte ihren Auftritt, die metronomische

Genauigkeit einzelner Bewegungen, eine schwebende Geste des Strumpfabwerfens, Svidors Gesicht vor ihrem blassen Körper, vor der durch die dunkle Spitze durchscheinenden Haut; er war ein Ästhet, sie konnte sich nicht mit weniger Zeremonie ausziehen.

Mit Irene zeigte er sich gern in Gesellschaft, lieber in Gesellschaft, bei Abendessen in der Öffentlichkeit, in Premieren von Klubfilmen und in den abendlichen Vorträgen, bei denen er seine Kollegen traf. Irene zog immer mit Sicherheit Aufmerksamkeiten auf sich.

Seine Frau lebte mit dem Kind in einer Provinzstadt, wo sie seinen Freunden unbekannt blieb. Sie war Buchhalterin, weder jung noch hübsch und sprach kaum.

Irene strahlte, zeigte ihre herrlichen Zähne und hörte brillanten Ableitungen zu, die sie langweilten, und hinter denen sie eine Unbehaglichkeit spürte, die einer vor dem anderen verbarg und zugleich als Sucht anzeigte. Je mehr Bekannte um sie gesammelt waren, desto leichthändiger stellte Svidor sie vor.

Einmal hatte er sich mit ihr aus einer peinlichen fachlichen Situation gezogen. Ein französischer Kollege hatte ihn in Verlegenheit gebracht, und Svidor verschob scherzhaft die Antwort auf eine günstigere Zeit, während eines gemeinsamen Abendessens. Er drängte dann konfus Irene am Telefon, schnellstens zu kommen, und dabei verständigte er sich mit dem Gast, der vor der Zelle wartete und ihm zusah, durch fröhliche Zurufe.

Der Franzose war klein, sprach präzise, mit trockener Manier. Er stimmte in einem wichtigen Punkt mit Svidor nicht überein und vermochte den Unterschied zu nennen und gegen Svidor leicht zu behaupten. Er griff nicht an, aber Svidor war unsicher, denn er war nicht zu seinem üblichen gewinnenden Abschluß gekommen.

Als Irene erschien, erstrahlte der französische Marxist und bemühte sich als Mann, das Thema war vergessen. Man trank auf die Freundschaft zwischen den Völkern, der Franzose küßte Irenes Hände, versuchte sie zu umarmen und umschlang sich dann mit Svidor in fachlicher Einigkeit. Svidor hatte in den Augen seines Kollegen mit Irene an wissenschaftlichen Qualitäten gewonnen. Hinter dem Rücken des Franzosen ermutigte er sie begeistert, weiter zu machen. Nur der Schluß war nicht ganz glatt, als der französische Genosse ihr unter dem Tisch die Schenkel zu betasten versuchte.

Während sie sich vor Svidor auszog, fiel ihr der Franzose ein, der ihr kaum zum Kinn reichte – als er sie beim Tanzen umarmte, arbeitete sein Unterleib irgendwo an ihren Knien.

Svidor wußte nicht, daß sie ihn völlig ablehnte, er ahnte es aber; in jeder Situation, in der er es erfahren konnte, erklärte er für beide, daß sie eigentlich vernünftig seien. Dazu berief er sich gern auf die alte Freundschaft und Mitschülerschaft mit Irenes Mutter, womit auch ihre Bekanntschaft angefangen hatte. Er hatte Irene zwar das Hohe Lied vorgetragen, sogar hebräisch, dadurch machte er sich aber nicht beliebter. Ob er französischen esprit demonstrierte, auf Englisch ihr fairness pries – er hatte überhaupt Pech mit ihrer Bildung.

Sie hatte die Ausziehszene durchdacht. Zuerst sah er sie erschreckt an, als fürchtete er, sie könnte zu weit gehen, aber auch, daß sie aufhören würde. Mit Lächeln stellte sie sich auf die Zehenspitzen, streckte die Arme in einer Ballettfigur und machte einen Schritt auf ihn zu. Svidor wollte sich mit Küssen auf sie stürzen, und sie schob ihn trainiert fort. Er sah nicht begreifend zu, wie sie die Wäsche auszog, er hatte Angst, etwas zu unternehmen und blieb vom Sofa heruntergeglitten auf dem Boden sitzen.

Irene wußte, daß er sich später diesen Zustand der Auflösung zurechtlegen würde. Ihm öffnete sich die Welt der Exzesse. Die klebrige Schwäche seiner Genitalien gehörte zur Libertinage. Alles war erlaubt.

Irene schritt über ihn hinweg, zog sich mit gleicher Gewandtheit und schnell an und ging davon.

Sie hatte wirkliche Liebhaber, Svidor fragte danach und versuchte es als ihr libertines Hobby zu übersehen, weil es meistens Arbeiter waren. Es ärgerte ihn, daß sie sie ausgerechnet in seine Wohnung nahm, einmal kamen sie zu viert und spielten unberandete Schallplatten, die einer von seiner Arbeitsstelle mitgebracht hatte.

Svidor wollte nicht als Spießer gelten, und das machte ihn hörig. Er konnte nicht verhindern, daß er wußte, daß sie ihm etwas schuldete, und er hoffte immer, es einzutreiben.

»Wie lange willst du es machen?« fragte Jana.

»Bis er verblödet.«

»Aber Geld müßtest du nicht nehmen.«

»Doch, auf jeden Fall. Noch mehr. Er ist doch mein Vater.«

»Was?«

»Vielleicht auch nicht, aber das ist egal. Meine Mutter hat sich da nie geäußert. Auf jeden Fall hat er ihr gleich am Anfang erklärt, wenn etwas schief geht, könnte er nicht heiraten. Er war ein Seifenfabrikantensohn und daneben hatte er noch seine Karriere. Dann schaffte es die Nächste, sie drohte ihm mit einem Skandal, und er hatte schon eine Position, es blieb ihm nichts anderes übrig. Aber gleich zog er von ihnen weg. Seitdem lebt er hier und macht die Karriere.

Wenn er mir dann einmal vor den Füßen blöken wird, hebe ich ihm den Kopf mit dem Fuß und sage: Na, Vater, wie ist es?

Dann kann er mit seinem Marxismus in den Arsch gehen!«

10

Es war ein Klassenabend in der alten Dreiundzwanzig, Jana sah den Wagen in einer Reihe anderer Straßenbahnen warten. Die meisten Depots hatten ihren Bestand an alten Typen aufgelöst, sie waren zur
Rarität geworden, und hier war es nicht einmal die
übliche Strecke für eine 23. Seit ihrer letzten Fahrt
hatte Jana keine alte Straßenbahn gesehen; es war
eine seltsame, ohnmächtige Erinnerung, einzusteigen und sich von der Menge weiterdrücken zu lassen.

Die Straßenbahn war für die Öffentlichkeit nicht
unzugänglich, schon wegen der offenen, leicht be-
tretbaren Plattformen, an den Stationen bemühte
sich der Schaffner aber, das Andrängen der Fahrgäste aufzuhalten. Er hatte einen weißen Kittel und
verkaufte die Karten sehr zerstreut, unter lauten
Protestrufen, als wollte er die Leute hinausweisen,
aber die Situation ging über seine Kräfte.

Manchmal hielt man überhaupt nicht an, doch
stellenweise schleppte sich die Straßenbahn im Ver-
kehrsstau, und dann war es leicht, einzusteigen. Die
Straßenbahn war schon voll, es war eben Feier-
abend, und die Menge schob Jana weiter in den
Wagen hinein, sie konnte schlecht atmen. Sie
stemmte sich gegen den Druck an und zwängte sich
zum Ausgang hindurch. Es war fast unmöglich,
aber sie kam hinaus, es fehlten ihr zwei Knöpfe und
ein Handschuh. Die Straßenbahnen standen bis
nach oben zum Museum, die Menschen wechselten
von einem Wagen zum nächsten, Autos hupten. Es
hatte ihr gepaßt, eine Dreiundzwanzig im Stadtzentrum zu bekommen, jetzt wunderte sie sich, daß sie
hier fuhr und nicht am Ufer. Sie ging zum Bürgersteig hinüber, um sich neue Bücher anzusehen, als

ihr nachträglich auffiel, daß in der Straßenbahn ihre ehemaligen Mitschülerinnen fuhren.

Sie begann hinter ihr her zu laufen. Sie ließ sich leicht im Blick halten, weil es die einzige Dreiundzwanzig in der langen Reihe war, und holte sie atemlos oben am Museum ein, wo sie in einem neuen Stau stehengeblieben war, an einer Baustelle.

Die Straßenbahn war gemietet für ein Zusammentreffen ihrer alten Klasse. Als Jana der Straßenbahn nacheilte, war inzwischen die Situation ungünstiger geworden; es war ein Treffen, vielleicht gehörte die Zufälligkeit dazu, und wer es verpaßte, konnte die Freude daran nicht nachholen.

Während dieser kurzen Weile hatte sich die Straßenbahn geleert. Es waren auch die Mitschülerinnen weggegangen, die sie noch antreffen wollte. Nur die weniger wichtigen waren geblieben.

»Wir dachten schon, du kommst nicht.« Sie stürzten sich auf sie mit einem Eifer, der an ihre ehemalige Stellung in der Klasse erinnerte. »Wo sind die anderen?« Jana sah sich um, während sie sie auf einen Sitz drängten. »Weggegangen, die Eingebildeten«, sagte eine, die früher in der Klasse alle übersehen hatten, jetzt führte sie das Wort, und es schien, daß sie den ganzen Abend organisiert hatte. »Sie haben auf dich gewartet, dann hat einer gesagt, daß du überhaupt nicht in der Stadt bist.« »Und jemand behauptete sogar, du wärest eben ausgestiegen«, fügte eine andere hinzu, und die übrigen lachten.

»Das stimmt«, sagte Jana. Gleich hörten sie auf, eine fragte: »Und warum?« »Man konnte hier nicht atmen«, Jana sah sich gereizt um. Augenblicklich rückten sie ab, aber so wenig, daß sie nicht weggehen konnte. Sie fühlte, daß sich die ehemalige Hierarchie wieder herstellte, als hätte sich in den fünf Jahren nichts geändert. Sie drängten sich wieder an sie, stießen sich gegenseitig und überschrien sich.

Janas Passivität ermutigte sie. Sie nutzten aus, daß sie sich in die Atmosphäre noch nicht hineingelebt hatte, die sich während der Fahrt gebildet hatte. Sie war als Letzte eingestiegen, die Mitschülerinnen hatten einen Vorsprung. Vielleicht fanden sie die richtige Stimmung für ihr Zusammensein erst nach dem Aussteigen der früheren Elite, die also die ganze Zeit hindurch ihren Abstand beibehalten hatte.

Jetzt erwähnten Mitschülerinnen, mit denen Jana nie näher Kontakt gehabt hatte, ihre damaligen Taten, und es schien, daß sie ihnen noch heute imponierten. Sie zitierten sie und stritten um die Richtigkeit von Aussprüchen, die sie schon lange vergessen hatte. Jana bemühte sich, auch irgendwelche Geschichten von ihnen zu bringen, sie verschwammen ihr aber in der Vorstellung als der »gesunde Kern der Klasse«, so hatte sie einmal der Physik-Lehrer bezeichnet, als er vor den paar Unruhestiftern warnte, zu denen Jana gehörte. Sie waren still, unsicher, ohne Phantasie. Das einzige, woran sie sich erinnerte, war, daß eine von ihnen gut vorlesen konnte. Verlegen sagte das Mädchen, daß sie sich nicht erinnere. Anspielungen auf den Schulerfolg waren allen peinlich, Jana erinnerte sich, daß nur die Unruhestifter weiter studieren wollten, die sie hier heute vermißte.

Es überraschte sie, so viele Details über sich zu hören, als ob das einzige, was die Mitschülerinnen noch wußten, ihre Ausschweifungen wären. Von sich, wie sie früher waren, sprachen sie wenig. Dafür erzählten sie mehr von ihren Familien. Jana fragte, was sie jetzt machten, und sie redeten von ihren Männern und Kindern. Wenn sie Kinderkrankheiten erwähnten, versuchte sie, sich etwas vorzustellen, und fragte ausführlicher. Sie sprachen nacheinander, aber sie konnte sie bald nicht mehr auseinanderhalten, weil jede das gleiche sagte. Das monotone Gespräch ermüdete sie, ein anderes Thema gab es nicht, es sei denn, daß Jana sie mit weiteren Streichen unterhalten würde, worauf alle hofften, und die sie wahrscheinlich von ihr auch jetzt erwarteten. Sie war die große Nummer des Abends, die Mitschülerinnen waren genauso passiv und unerfinderisch wie früher. Die Unterhaltung sollten für sie andere besorgen. Sie sahen dann ohne Risiko zu. Als Janas Überschreitungen öffentlich behandelt worden waren und die Direktorin sie angeschrien hatte, waren sie froh gewesen, daß man in dieser Stunde nicht prüfte. Dazu war es aufregend gewesen. Sie hatte ihnen jetzt nichts zu sagen.

Sie verstand, weshalb die anderen ausgestiegen waren. Dies hier waren Mädchen, deren Mehrheit nach dem Abitur heiratete, abgebar und zu arbeiten aufhörte. Die Familie war auch ihr einziges neues Thema.

Eine unter ihnen war studiert. Sie hatte das pädagogische Institut absolviert und fühlte sich jetzt erhaben. Sie kritisierte die anderen wegen ihrer kleinlichen Sorgen, und mit besonderer Freude schloß sie Jana dabei ein, weil sie sich mit ihnen über ihre Kinder unterhalten hatte. Sie hatte Jana nie gemocht, jetzt aber wurde sie aggressiv. Jana schenkte ihr keine Aufmerksamkeit, der allgemeinen Spannung nach spürte sie aber, was von ihr erwartet wurde. Sie sollte sie scharf zurückweisen, die Mitschülerinnen hofften, daß sie mindestens jetzt die Aktivität übernähme und der Abend ein Gefälle bekäme. Sie tat es nicht, das Vertrauen in ihre Autorität sank, schon vorher war sie durch ihr höfliches Interesse geschwächt worden. Die Mitschülerinnen freute es und es schmeichelte ihnen, aber es imponierte ihnen nicht. Deshalb hatte jetzt die Studierte den Mut, sie anzugreifen. Jana begriff, daß der Haß der anderen mit der Zeit nicht verschwunden war, während jetzt der Respekt der übrigen verflog.

Ein Teil der Mädchen schloß sich der Pädagogin schon direkt an. Der Rest, die Schwächeren, umringte Jana enger, und es war deutlich, daß sie sie nicht loslassen würden.

Sie waren jetzt gewachsen, sie hatten den ehemaligen Häuptling in ihrer Macht. Sie hielten sich an ihr, eine krallte ihr vor Aufregung die Fingernägel in die Schulter. Eine andere suchte in der Enge schräg über ihr die Balance zu halten, ihr großer Busen schwang vor Janas Gesicht, sie konnte daran nicht vorbei sehen. Es war wieder wie im Stadtzentrum, aus diesem Gedränge konnte sie aber nicht hinaus.

In diesem Moment sah sie ihren Handschuh auf dem Kasten mit Fahrkarten. Sie wollte aufstehen, die Mitschülerinnen drückten sie zurück. »Das ist mein Handschuh«, sagte sie wütend und zuckte mit der Schulter zurück, als ein Mädchen sie beschwichtigend berührte. Der Handschuh wurde augenblicklich gebracht.

»Knöpfe habt ihr hier zufälligerweise nicht gesehen?« sagte Jana bissig.

Einige begannen durch den Wagen zu laufen und bückten sich unter die Sitze, die anderen hielten sie. Auch einige aus der anderen Gruppe halfen bei der Suche. Ein Knopf wurde gefunden. Jana wußte nicht, wer Zwirn und Nadel hatte, es war aber ein willkommener Vorwand, sie auf dem Sitz zu halten. Sie wehrte sich ganz vergeblich, dann begann sie zu lachen. Sie konnte sich nicht bewegen, und sie kümmerten sich inzwischen um sie. Sie brauchten immer eine Autorität, jemanden, dem sie dienen konnten. Einmal hatte sie sich in der Chemiestunde eine Säure auf das Bein getropft, und ein Mädchen hatte ihr dann ohne Fragen den Strumpf gestopft. Es hatte sich den Saum am Mantel aufgetrennt, um einen gleichfarbigen Faden zu bekommen.

Solange sie ihnen imponierte, lebten sie sich willig in ihre alte Inferiorität ein und benahmen sich als ihre damaligen Mitschülerinnen. Sie duldeten von Jana alles, außer Freundlichkeit; es war für sie ein Zeichen der Schwäche. Dann wurden sie zu Gattinnen, trugen die unlösbaren Probleme des praktischen Lebens vor sich her und belächelten ihre Schulzeit mit der Nachsicht von Erwachsenen. Ihre Stellung hatten sie nicht verändert, keine Kenntnisse nachgeholt, und passiv blieben sie auch. Das Selbstbewußtsein hatten sie durch ihre Männer und an den neuen Möbeln gewonnen. Wenn dann die Kinder kamen, war es schon unerschütterlich. Miteinander waren sie Gattinnen, zu Jana überwog die alte Beziehung, als hingen sie noch an ihr, auf die demütige Weise, die sie nicht ertragen konnte, und gleichzeitig würden sie sich dafür rächen. Sich zu rächen war leicht, heute erschien sie ihnen schwach.

Eine rief den Schaffner-Kellner, bestellte einen Kaffee und drückte ihn Jana in die Hand. Auch andere tranken mit. Die Straßenbahn rüttelte, die Tasse brannte Jana in den Fingern. Die anderen hoben ihre Kaffees zu ihr, man trank auf Versöhnung, auf Bruderschaft. Sie erwiderte den lächerlichen Toast, sie wollte endlich die alten Unterschiede abstreifen und das Mißverständnis beseitigen. Der Kaffee verbrühte ihr die Zunge und den Gaumen, sie schluckte schnell, und im Rücken brannte es sie. Sie rief den Schaffner, aber eine klopfte ihr auf die Schulter und sagte: »Es ist schon bezahlt.«

Jana sah, was es für sie alle bedeutete. Sie hatte vom bezahlten Kaffee getrunken, sie war gekauft. Ihre Mitschülerinnen hatten keine Hemmungen mehr. Eine öffnete die Arme: »Komm an meine Brust! Erinnerst du dich, wie du es zu mir immer sagtest?«, und stürzte sich zu ihr. Sie setzte sich ihr auf den Schoß, umarmte sie fest und küßte sie auf die Lippen, Jana riß sich von ihr vergeblich, weil ihr zwei von hinten den Kopf hielten.

»Es genügt«, schrie sie und stand mit aller Kraft auf. Eine Tasche flog hinunter, sie kickte sie weg, um durchzukommen. Sie trat an den Ausgang: »Warte doch bis zur Haltestelle, wir steigen auch schon aus«, einige Arme streckten sich nach ihr.

»Aber nicht mit mir«, sagte sie und sprang ab.

Die Straßenbahn fuhr auf freier Strecke und raste. Jana sah gierige Gesichter sich an der Tür drängen, sie bemühte sich, ohne Hinken zum Bürgersteig hinüberzugehen, den Schmerz im Knöchel überwindend.

Sie sah sich nach einem Taxi um, während die Straßenbahn die Klasse weiter zur Peripherie forttrug.

11

In Maras Pullover auf der Couch hocken, die Knie
unter dem Kinn, links und rechts angehäufte Bücher
und Sachen, die von einem Ort zum anderen getragen werden, um einen Platz auszulegen – Postkarten,
Bilder, Briefe, Füllfeder, Papierbögen, ein Taschen-
tuch unter dem Kissen, ein Apfel, Spuren von Asche.

Der Knöchel fühlt sich warm an, Jana nimmt zerstreut einen leichten Schmerz wahr. Unter ihrer
Hand spürt sie ein schwaches Zucken, als würde sie
da ein kleines warmes Tier drücken, einen verirrten
Vogel, den sie einmal nachts in den Park hinüber
trug; sein Herz schlug ihr in die Hand, und sie
stolperte fast vor Aufregung. Als sie die Hand öffnete, blieb er noch eine Weile sitzen, dann flog er in die
Dunkelheit. Es war eine Drossel.

Den lauen Schmerz zu spüren ist angenehm, er
lenkt von der eigentlichen Schädigung ab, die sich
nach der äußeren Heilung tiefer verlagert hat, wo
sich jede Nacht ihre Vergewaltigung mit Einzelhei-
ten füllt, bis sie sich mit verkrampften Kiefern aus
dem Schlaf reißt. Sie dreht blind am Radio, fängt
Fetzen störender Nachtmusik auf und pfeifende
schmerzende Töne leerer Stationen, menschliche
Stimmen, verwirrend munter zu dieser Zeit, in Sprachen, die sie am Tag nie hört.

Sie sucht eine Frauenstimme, eine Sprache, die an
nichts erinnert, in der sie nichts wahrnehmen wird
außer dem wohltuenden, beruhigenden Klang. Sie ist
müde. Sie starrt die Senderskala an – Hilversum, an
dem Namen bleibt sie hängen.

Gegen Morgen schläft sie ein, im Radio gehen
ausgeschlafene optimistische Sprecher an die Arbeit,
die leise gewordenen fremden Stimmen haben sich
ganz verloren.

In der Zeit zwischen Nacht und Tag, wo nichts sicher ist außer ihrer Angst, kann sie aus dem Sender Maras Stimme hören, in unzähligen Sprachen wiederholt sie, daß ihr nichts mehr passieren wird.

Sie hat den Polizisten getötet und ins Wasser geworfen, seitdem hat der Fluß eine unheimliche Vertrautheit für sie, sie späht jedesmal nach einem bleichen Fleck auf der Oberfläche, nach dem Umriß eines Gesichts oder einer Hand, wenn sie vorbeifährt, und sieht gespannt den Menschen in Booten zu, die hier unbekümmert rudern. Sie tauchen die Hände ins Wasser und spritzen es sich ins Gesicht und kreischen laut vor Vergnügen.

Sie wartet, wann sie anfangen vor Ekel zu schreien.

Es hätte anders ausgehen können, sie stellt es sich immer wieder vor: sie steht am Tor angelehnt, der Polizist als undeutlicher Schatten vor ihr, sie ist mißtrauisch, vorsichtig, sie sucht den Ausgang, reißt die Tür auf und mit einem Sprung ist sie draußen und in der Straßenbahn.

Es ist ihr schwindlig vor Verzweiflung – diese Lösung scheint so leicht, so einfach. Sie hatte den Polizisten angeredet statt zu fliehen, sie war zu gehorsam gewesen. Jetzt denkt sie immer nach, was passieren könnte, hastig, vorbereitet, sich nicht anfassen zu lassen. Während sie nachdenkt, ist sie nicht ohnmächtig, sie kann sich auf nichts anderes stützen. Sie hat oft das Gefühl, nur die bloße Existenz zu behaupten, aber einige Male hatte es ihr Genugtuung gebracht, bei Svidor, sie wird ihm die zwei Bücher schicken. Sie würde gern Irene treffen, vielleicht würde sie in die Kolonie fahren.

Sie hat auch Bücher von Palzer, mit körnigen Deckeln von eingeriebenem Gipsstaub, vom letzten Besuch bei ihm mit Peter. Sie mußten sich durch einen Wald von Plastiken durchzwängen zu einem niedrigen Bett, der einzigen Sitzgelegenheit, und Palzer, mit Gipsstaub im Haar und im Gesicht, lavierte durch den Raum und suchte Sachen zum Vorzeigen zusammen. Er brachte eine Mumienmaske und eine Eskimo-Plastik, eine Eule aus hartem schwarzem Stein, Mappen mit Bildern und Bücher, die sich körnig anfühlten, obwohl er sie vorher abgewischt hatte. Sie hatte plötzlich Lust, sie auszuborgen.

Sie geht viel spazieren, sie hält es an einer Stelle nicht lange aus, sie ist noch ungeduldig. Manches in dieser Stadt bezieht sich auf sie: Gegenden mit einem versteckten Vorstadtkino, in dem ein Film zum letztenmal gespielt wird, sie findet es zu spät, aber man hat noch nicht angefangen, die Karte wird ihr mit freundlichem Eifer verkauft, und die Platzanweiserin führt sie in den Saal mit solcher Höflichkeit, daß sich schon deswegen der lange Weg gelohnt hat. Verstreut sitzen vier Menschen da, sie drehen sich erwartungsvoll nach ihr um, hinter ihr wird die Tür geschlossen, und der Film fängt an.

Unauffindbare Plätze inmitten der Stadt – aus einem Hof kommt sie in einen zweiten und dritten, der dritte ist ein Barock-Garten mit Terrassen, bewachsen mit Efeu und Gräsern, von zwei Seiten führen Treppen zu einem Brunnen, am Kopf der Treppe stehen Urnen und auf der höchsten Terrasse Statuen aus geschwärztem Sandstein. Weiter steigen im Felsen hohe, schmale Stufen zu einem zerstörten Altan, aus dem Boden wachsen Himbeersträucher, es riecht nach Kräutern, und über der Hofmauer unten sind die Dächer der Altstadt zu sehen. Es ist hier sehr ruhig, sie hört die Eidechsen rascheln. Sie begegnet in diesem Garten niemandem.

Sie steht auf und sucht die Zeichnung von Mara, sie hat sie so oft gesehen, daß sie nicht mehr sicher sagen kann, daß sie es ist, sie hat das Gefühl, daß sie schon die größte Ähnlichkeit empfunden hat, sie hatte in die Züge hineinwachsen müssen, und jetzt entfernt sie sich wieder, auch von Maras Vorstellung.

Sie weiß noch nicht, ob sie fahren wird.

Sie hört sich noch jede Nacht im Schlaf mit den Zähnen knirschen, aber die Tage sind erträglich, sie lebt schon drei Wochen.

Sie hüllt sich enger ein, aus dem Pullover fängt sie noch entfernt einen flüchtigen Hauch von Mara auf, sie wärmt sich; es ist die Zeit der Äquinoktialstürme.

LIBUŠE MONÍKOVÁ

Pavane für eine verstorbene Infantin
RTB 278, 144 Seiten, DM 12.–

»Die Stärke dieser Erzählung besteht darin,
daß einfach so stehen bleiben kann, was
gesagt wird. Dieses Charakteristikum des
Geltenlassenkönnens ist eines der sich
allmählich entwickelnden neuen Epoche.«
**Helmut Heissenbüttel in der
Frankfurter Rundschau**

ROTBUCH

POTSDAMER STR. 98 · 1000 BERLIN 30

Frauen
der Welt
im dtv

Frauen in Spanien
Erzählungen

Frauen in Thailand
Erzählungen

dtv

dtv

Frauen in Afrika
Erzählungen
Herausgegeben von
Irmgard Ackermann
dtv 10777

Frauen in der
arabischen Welt
Erzählungen
Hrsg. v. Suleman Taufiq
dtv 10934

Frauen in China
Erzählungen
Hrsg. v. Helmut Hetzel
dtv 10532

Frauen in der DDR
20 Erzählungen
Hrsg. v. Lutz W. Wolff
dtv 1174

Frauen in Frankreich
Erzählungen und
Berichte
Herausgegeben von
Christiane Filius-Jehne
dtv 11128

Frauen in Indien
Erzählungen
Herausgegeben von
Anna Winterberg
dtv 10862

Frauen in Irland
Erzählungen
Hrsg. v. Viola Eigenberz
und Gabriele Haefs
dtv 11222 (Juni 1990)

Frauen in Italien
Erzählungen
Herausgegeben von
Barbara Bronnen
dtv 11210 (Mai 1990)

Frauen in Japan
Erzählungen
Hrsg. von Barbara
Yoshida-Krafft
dtv 11039

Frauen in
Lateinamerika 1
Erzählungen
Herausgegeben von
Marco Alcantara
und Barbara Kiner
dtv 10084

Frauen in
Lateinamerika 2
Erzählungen und
Berichte
Herausgegeben von
Marco Alcantara
dtv 10522

Frauen in New York
Erzählungen und
Gedichte
Herausgegeben von
Margit Ketterle
dtv 11190

Frauen in Persien
Erzählungen
Herausgegeben von
Touradji Rahnema
dtv 10543

Frauen in der
Sowjetunion
Erzählungen und
Gedichte
Herausgegeben von
Andrea Wörle
dtv 10790

Frauen in Spanien
Erzählungen
Herausgegeben von
Marco Alcantara
dtv 11094

Frauen in Thailand
Erzählungen
Herausgegeben von
Hella Kothmann
dtv 11106

Frauen in der Türkei
Erzählungen
Herausgegeben von
Hanne Egghardt und
Ümit Güney
dtv 10856

Marguerite Duras im dtv

Foto: Hélène Bamberger

Die Englische Geliebte

Den bestialischen Mord an der taubstummen Marie-Thérèse Bousquet kann sich in Viorne niemand erklären. Man findet Teile ihrer Leiche in Eisenbahnwaggons überall in Frankreich. Nur der Kopf bleibt verschollen. Die Kriminalpolizei besucht das örtliche Cafe, stellt Fragen, versucht dem Mörder auf die Spur zu kommen. Hauptleidtragende sind Claire und Pierre Lannes. Marie Thérèse war die Kusine von Claire und hat dem Ehepaar den Haushalt geführt. Obwohl noch kein Verdacht auf sie gefallen war, gesteht Claire überraschend den Mord. Ein Motiv scheint sie nicht zu haben, und sie scheint auch keine Reue zu empfinden ... dtv 10730

India Song

›India Song‹ ist eine Melodie aus der Zeit zwischen den Kriegen und die Geschichte einer Liebe, erlebt im Indien der dreißiger Jahre in einer übervölkerten Stadt am Ufer des Ganges. Im Mittelpunkt steht Anne-Marie Stretter, die schöne und elegante Frau des französischen Botschafters. dtv 10996

Zerstören, sagt sie

In einem abgeschiedenen Hotel, das umgeben ist von einem rätselhaften, undurchdringlichen Wald, erholt sich Elisabeth Alione von einer Fehlgeburt – und wird zum Objekt der Begierde. Die achtzehnjährige Alissa und ihre beiden Liebhaber, ein Pariser Professor und der Jude Stein, beobachten sie, verfolgen sie, wollen sie besitzen, vielleicht auch zerstören. Die Identitäten verschmelzen ... dtv 11063

Die grünen Augen

Kino ist für Marguerite Duras mehr als nur Kino. Wenn sie über Filme spricht oder schreibt, reflektiert sie das ganze heutige Leben: den Schrecken über die erste Atombombe, die Veränderungen der Welt durch das Fernsehen, die Revolte von '68, ihre eigenen Filme und Bücher, ihre Gefühle beim Schreiben und ihre Ansichten über Kollegen. dtv 11185

Doris Lessing
im dtv

Foto: Isolde Ohlbaum

Martha Quest

Die Geschichte der Martha Quest, die vor dem engen Leben auf einer Farm in Südrhodesien in die Stadt flieht. dtv/Klett-Cotta 10446

Eine richtige Ehe

Unzufrieden mit ihrer Ehe sucht Martha nach neuen Wegen, um aus der Kolonialgesellschaft auszubrechen. dtv/Klett-Cotta 10612

Sturmzeichen

Martha Quest als Mitglied einer kommunistischen Gruppe in der rhodesischen Provinzstadt gegen Ende des Zweiten Weltkriegs. dtv/Klett-Cotta 10784

Landumschlossen

Nach dem Krieg sucht Martha in einer Welt, in der es keine Normen mehr gibt, für sich und die Gesellschaft Lösungen. dtv/Klett-Cotta 10876

Die viertorige Stadt

Martha Quest geht als Sekretärin und Geliebte eines Schriftstellers nach London und erlebt dort die politischen Wirren der fünfziger und sechziger Jahre. dtv/Klett-Cotta 11075

Kinder der Gewalt

Romanzyklus Kassettenausgabe der fünf oben genannten Bände dtv/Klett-Cotta 59004

Vergnügen · Erzählungen dtv/Klett-Cotta 10327

Wie ich endlich mein Herz verlor Erzählungen dtv/Klett-Cotta 10504

Zwischen Männern Erzählungen dtv/Klett-Cotta 10649

Nebenerträge eines ehrbaren Berufes · Erzählungen dtv/Klett-Cotta 10796

Die Höhe bekommt uns nicht Erzählungen dtv/Klett-Cotta 11031

Ein nicht abgeschickter Liebesbrief Erzählungen dtv/Klett-Cotta 25015 (großdruck)

Die andere Frau

Eine auf den ersten Blick klassische Dreiecksgeschichte, die bei Doris Lessing jedoch einen ungewöhnlichen Ausgang findet. dtv/Klett-Cotta 25098 (großdruck)

Joyce Carol Oates im dtv

Grenzüberschreitungen

Zart und kühl, bitter und scharf analysierend, erzählt die Autorin in fünfzehn Kurzgeschichten von der alltäglichen Liebe, dem alltäglichen Haß und ihren lautlosen Katastrophen. dtv 1643

Jene

Die weißen Slumbewohner in den Armenvierteln des reichen Amerika, die sich nicht artikulieren können, sind die Helden dieses Romans. Die Geschichte einer Familie, aber auch die Geschichte Amerikas. dtv 1747

Lieben, verlieren, lieben

Von ganz »normalen« Menschen erzählt die Autorin, vor allem von Frauen, von Hausfrauen, Ehefrauen, Müttern und Geliebten. »Alle Erzählungen variieren die paar Grunderfahrungen vom zwar sehnsüchtig erwarteten, aber nie erreichten Glück auf der Erde . . .« (Gabriele Wohmann) dtv 10032

Ein Garten irdischer Freuden

Ein Mädchen will ihren ärmlichen Verhältnissen entfliehen. Sie tut es – nichts anderes bleibt ihr übrig – mit Hilfe von Männern. dtv 10394

Bellefleur

Der Osten der USA ist der Schauplatz dieser phantastischen Familiensaga. Aus dem Leben der Menschen des Hauses Bellefleur wird ein amerikanischer Mythos. dtv 10473

Im Dickicht der Kindheit

In einem Provinznest lebt die starke, in ihrer Sinnlichkeit autonome Arlene mit ihrer jungen Tochter Laney, deren Schönheit und Wildheit der vierzigjährige Aussteiger Kasch verfällt. dtv 10626

Engel des Lichts

Die Geschichte einer alten Familie in Washington, die zwischen Politik und Verbrechen aufgerieben wird. Ein mit meisterhafter psychologischer Genauigkeit entworfenes Szenarium des emotionalen und sexuellen Verrats. dtv 10741

Unheilige Liebe

Auf dem Campus einer exklusiven Privatuniversität spielen die Mitglieder des Lehrkörpers eine »Akademische Komödie des Schreckens«. Sie lieben sich, sie hassen sich, aber keines dieser Gefühle hält vor. dtv 10840

Letzte Tage

Amerikanische Kleinstädte und europäische Metropolen sind die Schauplätze dieser sechs Erzählungen. dtv 11146

Gabriele Wohmann im dtv

Foto: Isolde Ohlbaum

Alles zu seiner Zeit
Erzählungen

»Das Gräßlichste ist, daß man so unverstanden bleibt.« Ein Satz, der als Motto über allen diesen Erzählungen stehen könnte. Gabriele Wohmanns Gestalten leiden fast alle unter dem Unverständnis ihrer Umgebung. Hilflose Anstrengungen werden unternommen, um zu verschleiern, daß die menschlichen Beziehungen gestört sind; Freundschaften und Ehen zerbrechen.
dtv 1164

Sieg über die Dämmerung
Erzählungen

Schlimm genug, bei einem Picknick im Sommer das »fünfte Rad am Wagen« zu sein. Aber wenn man außerdem unter Asthma leidet, von eleganten Freunden intellektuell deklassiert, von der eigenen Frau bemitleidet und schließlich zum Gegenstand eines boshaften »Spaßes« gemacht wird, dann ist der Zeitpunkt gekommen zu gehen ...
dtv 1621

Ach wie gut, daß niemand weiß

Marlene Ziegler, eine übersensible junge Frau, die als Psychotherapeutin Karriere gemacht hat, flüchtet aus ihren »inländischen Verstrickungen« in die Schweiz, um dort eine Praxisvertretung zu übernehmen. Sie verspricht sich viel von dieser Veränderung. Doch weder ihr Beruf noch die oberflächlichen Affären mit Männern bringen ihr die ersehnte innere Ruhe. Schritt für Schritt gleitet sie aus der Normalität ...
dtv 10100

Einsamkeit

Die Protagonisten dieser Erzählungen haben Familie, Freunde, Bekannte, Nachbarn, und doch machen sie alle die Erfahrung, allein zu sein – auch oder gerade in Gesellschaft anderer. Sie reden zwar miteinander, sind aber unfähig zur Kommunikation. Mißverständnisse, Angst, Langeweile stellen sich ein.
dtv 10275

Frauen-sachen

Elisabeth Badinter:
Die Mutterliebe
dtv 10240

Régine Pernoud:
Christine de Pizan
Das Leben einer außer-
gewöhnlichen Frau
und Schriftstellerin
im Mittelalter
dtv 11192

Esther Vilar:
Der dressierte Mann
Das polygame
Geschlecht
Das Ende der Dressur
dtv 10821

Frauen berichten vom
Kinderkriegen
Hrsg. von Doris Reim
dtv 10242

Nancy Friday:
Eifersucht
dtv 11020

Roswitha Fröhlich:
Ich und meine Mutter
Mädchen erzählen
dtv 11194

Angelika Grauer/
Peter F. Schlottke:
Muß der Speck weg?
Der Kampf ums
Idealgewicht
dtv 10808

Yue Daiyun:
Als hundert Blumen
blühen sollten
Die Odyssee einer
modernen Chinesin
dtv 11040

Dacre Balsdon:
Die Frau in der
römischen Antike
dtv 11042

Hexen und
Hexenprozesse in
Deutschland
Herausgegeben von
Wolfgang Behringer
dtv 2957

Kate Millett:
Sita
Geschichte einer
Frauenbeziehung
dtv 11086

Kate Millett:
Im Basement
Meditationen über
ein Menschenopfer
dtv 11193

Gisela Brinker-Gabler/
Karola Ludwig/
Angela Wöffen:
Lexikon
deutschsprachiger
Schriftstellerinnen
von 1800 bis 1945
dtv 3282

Dorothee Sölle:
Und ist noch nicht
erschienen, was wir
sein werden
Stationen einer
feministischen
Theologie
dtv 10835